JN258057

和ごころ、こと始め。

日本のたしなみ帖

Can you introduce the charm of Japan?

One Hundred Poems by One Hundred Poets

百人一首

いにしえの和歌の味わい

自由国民社

Introduction

Hyakunin isshu, or *One Hundred Poems by One Hundred Poets*, are anthologies of carefully selected waka poetry.

One such anthology is the *Ogura hyakunin isshu*, whose poems were selected by the noted early Kamakura Period (1185-1333) poet Fujiwara Teika at the request of his son Tameie's father-in-law, Utsunomiya Yoritsuna (known as Renshō after he took the tonsure in retirement). Teika wrote the poems out on colored papers that were pasted to the sliding doors at Yoritsuna's mountain villa. This work of classical Japanese literature remains much beloved among Japanese even 1,000 years later, so much so that generally when someone mentions *Hyakunin isshu* they are referring to this collection.

Teika (1162-1241) arranged one hundred eminent verses that had been composed across six centuries from the Asuka Period (538-710) up to his day in chronological order on the doors. The sources from which he chose the poems were 10 anthologies of poems that been written by command of the emperor or empress: *Kokinshū, Gosenshū, Shūishū, Go-shūishū, Kinyōshū, Shikashū, Senzaishū, Shin-kokinshū, Shin-chokusenshū*, and *Shoku-gosenshū*. Seventy-nine of the poets were men, comprising 7 emperors, 1 imperial prince, 58 government officials, and 13 monks or priests. The balance of the 100 were women, including 1 empress, 1 imperial princess, 17 nuns, and 2 listed as "mothers." The writers—emperors Tenji and Jitō—of the first pair of poems constituted a royal father and son, respectively, as did the final two poems' authors, cloistered emperors Go-Toba and Juntoku.

The themes of the poems in the *Ogura hyakunin isshu* are ones that still speak to us today: love, the seasons, travel, and partings. The inner workings of the souls of the Japanese people have been brought forth in a skillfully produced artistic fashion. Mouth and savor the words of the poems on your lips as you taste the richness of expression.

はじめに

百人の歌人の和歌を一首ずつ撰集した詞華集『百人一首』。なかでも、鎌倉時代初期の代表的な歌人、藤原定家《ふじわらのていか》が、息子である為家《ためいえ》の妻の父、宇都宮頼綱《うつのみやよりつな》（入道蓮生《にゅうどうれんしょう》）の求めによって、嵯峨《さが》中院山荘の襖《ふすま》に貼る色紙のために撰歌し、染筆したものを『小倉百人一首』といいます。一般に『百人一首』といえば、この『小倉百人一首』を指すほど、千年の時を経てもなお私たち日本人に愛され続けている古典文学といえるでしょう。

定家は、飛鳥時代から鎌倉時代初期までのおよそ六百年間に詠まれた百首の名歌を年代順に配列しました。その典拠となったのは、天皇や上皇の命により編集された歌集である『古今《こきん》集』『後撰《ごせん》集』『拾遺《しゅうい》集』『後拾遺《ごしゅうい》集』『金葉《きんよう》集』『詞花《しか》集』『千載《せんざい》集』『新古今《しんこきん》集』『新勅撰《しんちょくせん》集』『続後撰集《しょくごせんしゅう》』の勅撰十代集です。歌人の性別と身分の内訳は、男性79人（天皇7、親王1、官人58、僧侶13）、女性21人（天皇1、内親王1、女房17、母2）であり、始まりと終わりには「天智《てんじ》天皇①、持統《じとう》天皇②」と「後鳥羽院《ごとばいん》(99)、順徳院《じゅんとくいん》(100)」という親子関係にある天皇二組が配置されています。

百首に詠まれているのは、恋、四季、旅、別れといった現代を生きる私たちにも通じるテーマ。日本人の心の機微が、技巧を凝らした流麗な調べによって芸術的に詠み上げられています。ぜひ口ずさみながら鑑賞し、豊かな表現を味わってください。

目次　百人一首

いにしえの和歌の味わい

和歌の基本用語

和歌にはさまざまな修辞（技法）が用いられています。語句と語句を結びつけたり、連想を呼び起こしたりすることで、「五七五七七」のわずか三十一音の世界が大きく広がっていくのです。『百人一首』を味わうために知っておきたい基本用語を紹介します。

◆句切《くぎ》れ

五音、七音のまとまりを「句」といい、句の終わりに意味上の切れ目があることを「句切れ」という。「初句切れ」「二句切れ」「三句切れ」「四句切れ」「句切れなし」がある。

◆枕詞《まくらことば》

特定の言葉を導き出すために、その前に置く言葉。（例）「あしびきの」は「山、峰、岩」などの枕詞、「ちはやぶる」は「神、宇治」などの枕詞。

◆序詞《じょことば》

和歌の主想につながる語句を導き出すために、その前に置く言葉。枕詞が通常五音であるのに対し、序詞は長さに制限がなく、作者が創作できる。

◆掛詞《かけことば》

同音異義語を利用し、一語に二つ以上の意味を持たせる技法。（例）「いなば」は「因幡《いなば》」と「往《い》なば」の掛詞、「まつ」は「松」と「待つ」の掛詞。

◆縁語《えんご》

意味の関連する語を二つ以上用いて、深みを持たせる技法。

（例）(80)　ながからむ　心も知らず　黒髪の
みだれてけさは　ものをこそ思へ

◆見立《みた》て

ある事柄を別の事柄になぞらえて表現する技法。特に人以外のものを人になぞらえたものを「擬人《ぎじん》法《ほう》」という。

◆体言止《たいげんど》め

和歌の末尾を体言（名詞、代名詞、数詞）で止める技法。その後に続く述語が省略されることから、読み手の想像をかきたて、余韻を残すことができる。

◆本歌取《ほんかど》り

古歌の語句や表現をそのまま用いることで、その古歌が持つイメージを重ね合わせて新たな歌を詠む技法。余情や余韻を深めることができる。

百人一首の歌人年表

およそ六百年もの間に詠まれた和歌が集められた『百人一首』。歌番号順に並べると、年代順に配列されていることがわかります。歌人たちが生きた時代に思いを馳せながら、鑑賞しましょう。

※男性歌人は青色、女性歌人は赤色で表す。生没年不詳の歌人はおもに活躍した時期を示す。

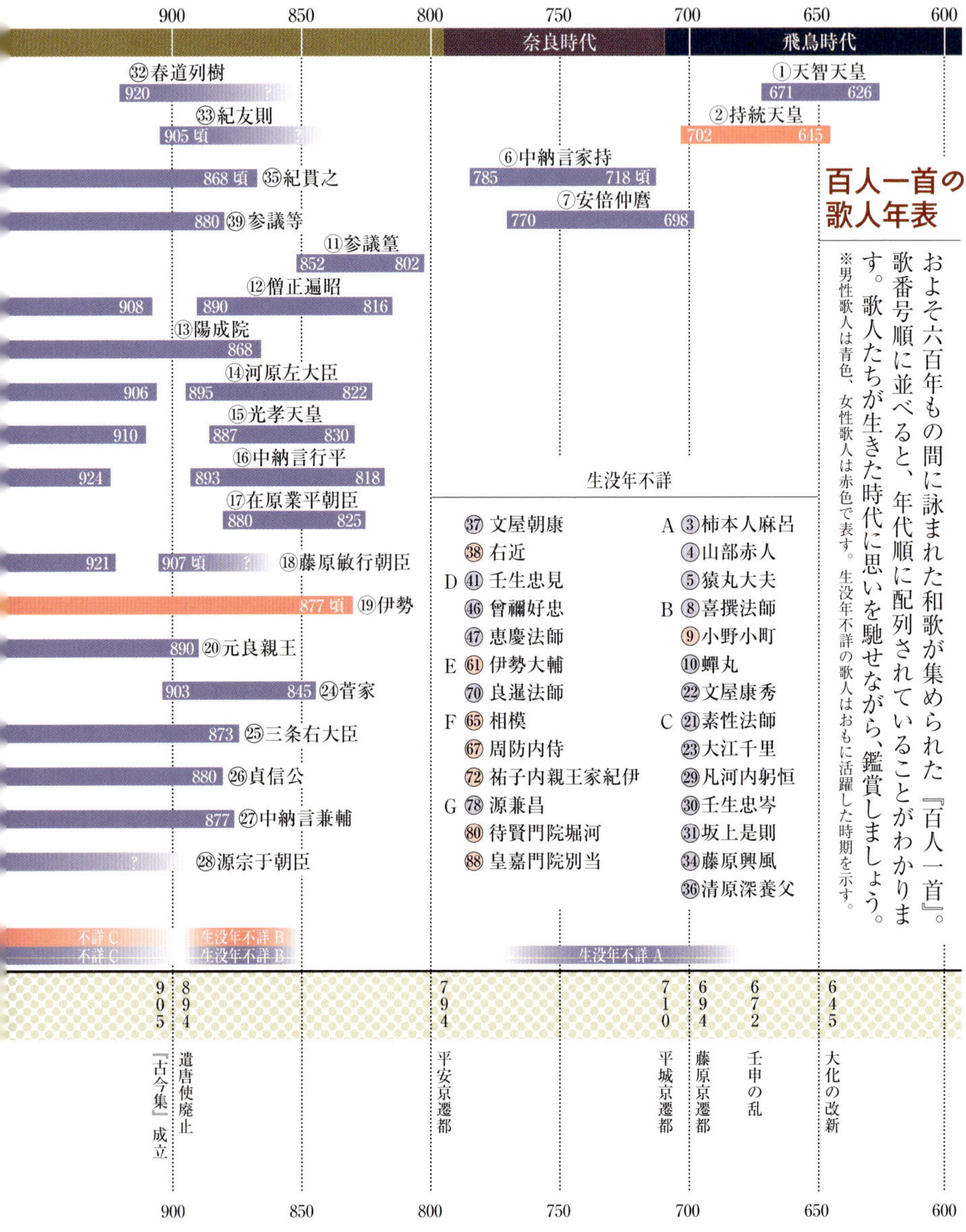

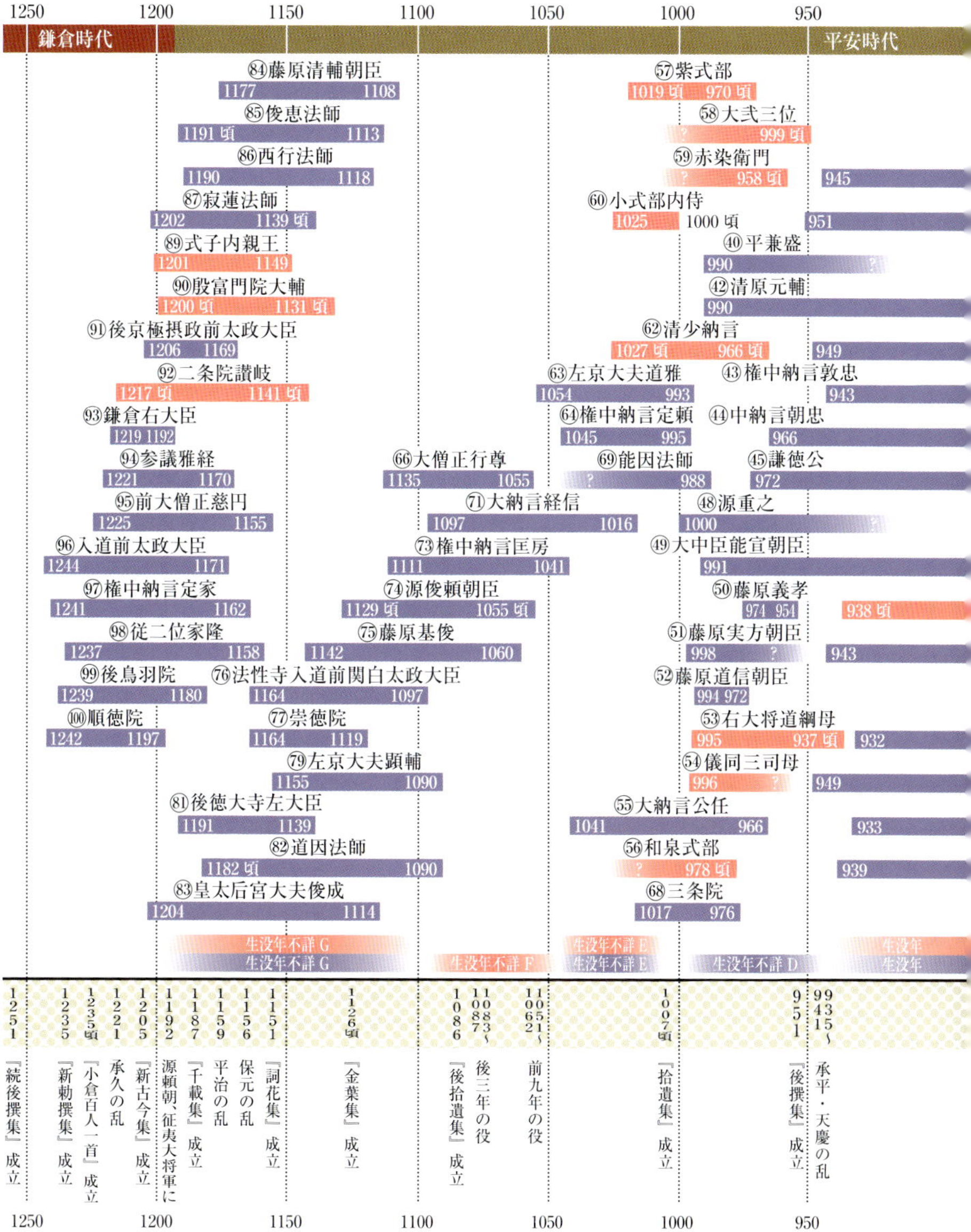
1250 1200 1150 1100 1050 1000 950
鎌倉時代
平安時代
㊹藤原清輔朝臣 1177 1108
㊺俊恵法師 1191頃 1113
㊻西行法師 1190 1118
㊼寂蓮法師 1202 1139頃
㊾式子内親王 1201 1149
㊿殷富門院大輔 1200頃 1131頃
91後京極摂政前太政大臣 1206 1169
92二条院讃岐 1217頃 1141頃
93鎌倉右大臣 1219 1192
94参議雅経 1221 1170
95前大僧正慈円 1225 1155
96入道前太政大臣 1244 1171
97権中納言定家 1241 1162
98従二位家隆 1237 1158
99後鳥羽院 1239 1180
100順徳院 1242 1197
66大僧正行尊 1135 1055
71大納言経信 1097 1016
73権中納言匡房 1111 1041
74源俊頼朝臣 1129頃 1055頃
75藤原基俊 1142 1060
76法性寺入道前関白太政大臣 1164 1097
77崇徳院 1164 1119
79左京大夫顕輔 1155 1090
81後徳大寺左大臣 1191 1139
82道因法師 1182頃 1090
83皇太后宮大夫俊成 1204 1114
57紫式部 1019頃 970頃
58大弐三位 ? 999頃
59赤染衛門 ? 958頃 945
60小式部内侍 1025 1000頃 951
40平兼盛 990 ?
42清原元輔 990
62清少納言 1027頃 966頃 949
63左京大夫道雅 1054 993
43権中納言敦忠 943
64権中納言定頼 1045 995
44中納言朝忠 966
69能因法師 ? 988
45謙徳公 972
48源重之 1000 ?
49大中臣能宣朝臣 991
50藤原義孝 974 954 938頃
51藤原実方朝臣 998 ? 943
52藤原道信朝臣 994 972
53右大将道綱母 995 937頃 932
54儀同三司母 996 ? 949
55大納言公任 1041 966 933
56和泉式部 ? 978頃 939
68三条院 1017 976
生没年不詳G
生没年不詳G
生没年不詳F
生没年不詳E
生没年不詳E
生没年不詳D
生没年
生没年
1251『続後撰集』成立
1235『新勅撰集』成立
1235頃『小倉百人一首』成立
1221 承久の乱
1205『新古今集』成立
1192 源頼朝、征夷大将軍に
1187『千載集』成立
1159 平治の乱
1156 保元の乱
1151『詞花集』成立
1126頃『金葉集』成立
1086『後拾遺集』成立
1083〜1087 後三年の役
1051〜1062 前九年の役
1007頃『拾遺集』成立
951『後撰集』成立
935〜941 承平・天慶の乱
1250 1200 1150 1100 1050 1000 950

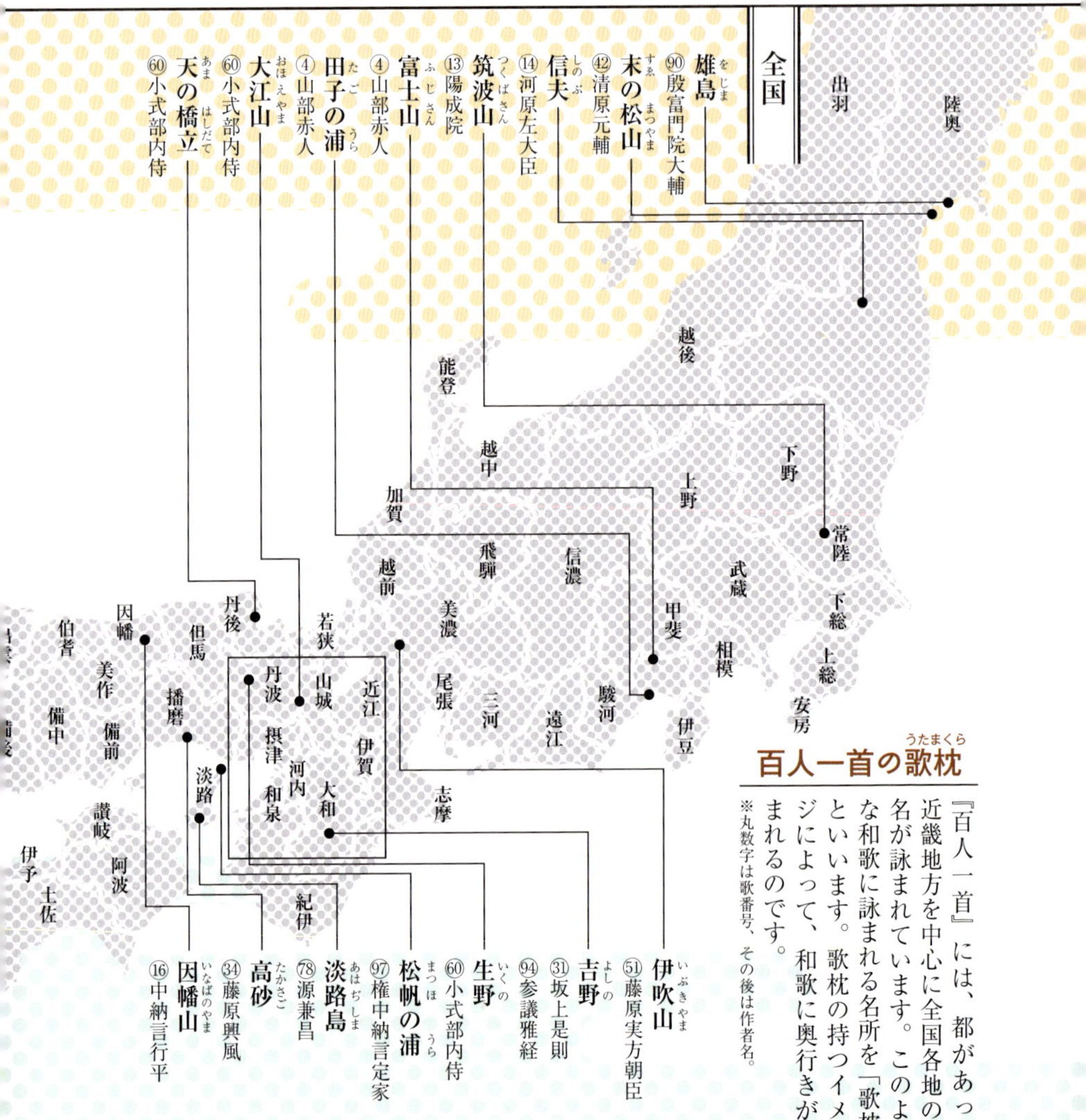

百人一首の歌枕《うたまくら》

『百人一首』には、都があった近畿地方を中心に全国各地の地名が詠まれています。このような和歌に詠まれる名所を「歌枕」といいます。歌枕の持つイメージによって、和歌に奥行きが生まれるのです。

※丸数字は歌番号、その後は作者名。

畿内

三笠山《みかさやま》 ⑦安倍仲麿

春日《かすが》 ⑦安倍仲麿

宇治山《うぢやま》 ⑧喜撰法師

逢坂《あふさか》 ⑩蝉丸 ㉕三条右大臣 (62)清少納言

宇治川《うぢがは》 (64)権中納言定頼

小倉山《をぐらやま》 ㉖貞信公

泉川《いづみがは》 ㉗中納言兼輔

瓶原《みかのはら》 ㉗中納言兼輔

猪名《ゐな》 (58)大弐三位

有馬山《ありまやま》 (58)大弐三位

須磨《すま》 (78)源兼昌

難波江《なにはえ》・難波潟《なにはがた》 ⑲伊勢 ⑳元良親王 (88)皇嘉門院別当

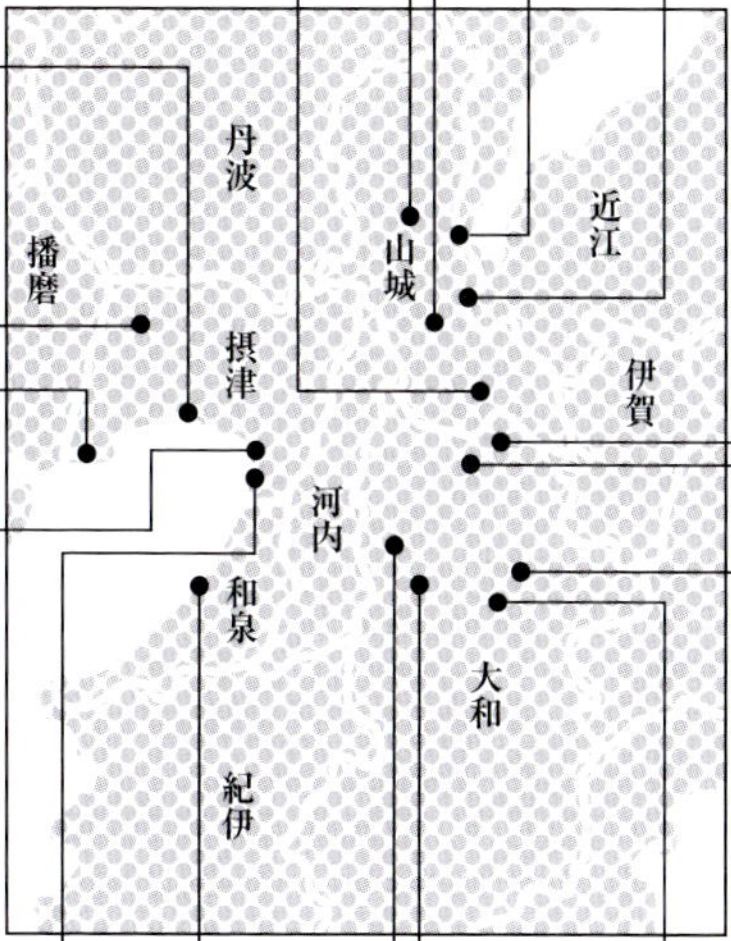

奈良《なら》 (61)伊勢大輔

初瀬《はつせ》 (74)源俊頼朝臣

天の香具山《あまのかぐやま》 ②持統天皇

竜田川《たつたがは》 ⑰在原業平朝臣 (69)能因法師

三室山《みむろやま》 (69)能因法師

高師の浜《たかしのはま》 (72)祐子内親王家紀伊

住の江《すみのえ》 ⑱藤原敏行朝臣

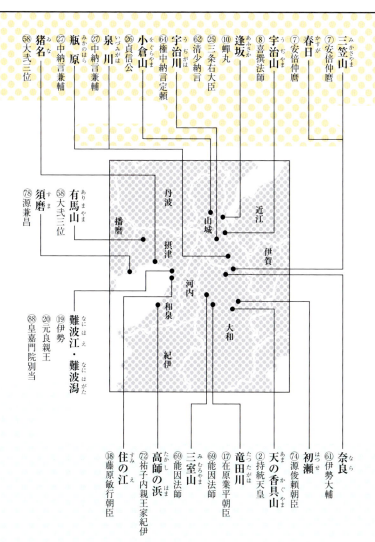

本書の見方

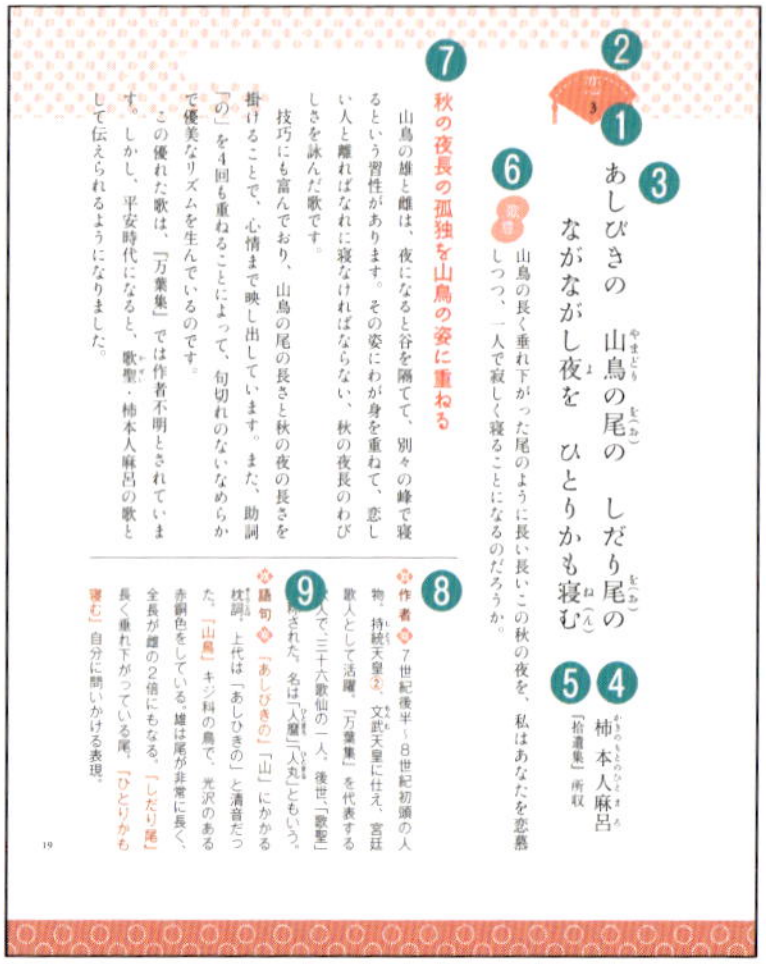

恋 3

あしびきの　山鳥《やまどり》の尾《を(お)》の　しだり尾《を(お)》の
ながながし夜《よ》を　ひとりかも寝《ね(ん)》む

柿本人麻呂《かきのもとのひとまろ》
『拾遺集』所収

歌意　山鳥の長く垂れ下がった尾のように長い長いこの秋の夜を、私はあなたを恋慕しつつ、一人で寂しく寝ることになるのだろうか。

秋の夜長の孤独を山鳥の姿に重ねる

山鳥の雄と雌は、夜になると谷を隔てて、別々の峰で寝るという習性があります。その姿にわが身を重ねて、恋しい人と離ればなれに寝なければならない、秋の夜長のわびしさを詠んだ歌です。

技巧にも富んでおり、山鳥の尾の長さと秋の夜の長さを掛けることで、心情まで映し出しています。また、助詞「の」を4回も重ねることによって、句切れのないなめらかで優美なリズムを生んでいるのです。

この優れた歌は、『万葉集』では作者不明とされています。しかし、平安時代になると、歌聖《かせい》・柿本人麻呂の歌として伝えられるようになりました。

作者　7世紀後半～8世紀初頭の人物。持統天皇②、文武天皇に仕え、宮廷歌人として活躍。『万葉集』を代表する歌人で、三十六歌仙の一人。後世、「歌聖」と称された。名は「人麿」「人丸」ともいう。

語句　「あしびきの」「山」にかかる枕詞。上代は「あしひきの」と清音だった。「山鳥」キジ科の鳥で、光沢のある赤銅色をしている。雄は尾が非常に長く、全長が雌の2倍にもなる。「しだり尾」長く垂れ下がっている尾。「ひとりかも寝む」自分に問いかける表現。

19

❶歌番号

『百人一首』では、1番の天智天皇から100番の順徳院まで、おおむね年代の古い歌人から順に番号が振られています。本文の中では、丸数字（㉕など）で表します。

❷部立《ぶだて》

典拠となる歌集の部立（主題別の分類）に基づき、「恋」「春」「夏」「秋」「冬」「旅・離別」「雑《ぞう》（ほかに属さない歌）」に分かれています。

❸和歌

諸説ある場合は一般的に多く用いられるものを採用し、旧仮名遣いで表記しました。（　）内は新仮名遣いのふりがなです。

❹歌人名

和歌の詠まれた時代、もしくは、『百人一首』を制定した時期の名前で表記しています。

❺歌集名

『百人一首』に選ばれる典拠となった歌集です。

❻歌意

和歌の表現や修辞になるべく忠実に、且つわかりやすく現代語に訳しています。

❼鑑賞

和歌の解釈や詠まれた背景、技巧、鑑賞のポイントなどを紹介しています。

❽作者

生没年、本名、家族関係、地位、生い立ち、関連作品といった作者のプロフィールを紹介しています。

❾語句

わかりづらい言葉の意味や修辞について解説しています。

百人一首

いにしえの和歌の味わい

One Hundred Poems by One Hundred Poets

秋《あき》の田《た》の　かりほ《(お)》の庵《いほ(お)》の　苫《とま》をあらみ
わが衣《ころも》手《で》は　露《つゆ》に濡《ぬ》れつつ

天智《てんじ》天皇《てんのう》
『後撰集』所収

歌意 秋の田のほとりに建てられた仮小屋は、屋根の苫の編み目が粗いので、したたり落ちてくる夜露で私の衣の袖は濡れ続けているよ。

農民の辛苦を思いやる為政者の歌

天智天皇は、即位前の中大兄《なかのおおえの》皇子の時代に大化の改新を行い、天皇を中心とする中央集権国家の基礎を築いた人物。この時代、稲作は国家にとって最も重要な生業であり、秋の収穫期には、農民たちは粗末な仮小屋で一晩中、稲の番をすることもありました。屋根の編み目が粗いため、冷たい夜露がしたたり落ち、衣服の袖を濡らし続けます。この歌からは、そんな農民たちの辛苦がありありと伝わってきます。

天智天皇の作とされていますが、実際は『万葉集』の詠み人知らずの歌「秋田刈る仮庵《かりいほ》を作り我が居《を》れば衣手寒く露ぞ置きにける」が改変されて伝わるうちに、作者も天智天皇とされるようになったようです。農民たちを思いやる気持ちを持った理想的な天皇の歌として、藤原定家《ふじわらのていか》は『百人一首』の巻頭に据えたのでしょう。

❖**作者**❖ 626～671年。第38代天皇。舒明《じょめい》天皇の皇子（中大兄皇子）であり、持《じ》統《とう》天皇②の父。中臣《なかとみの》（藤原《ふじわらの》）鎌足《かまたり》と協力して蘇我《そが》氏を滅ぼし、大化の改新を断行。天皇を中心とする中央集権国家の確立に努めた。667年、近江《おうみ》の大津宮《おおつのみや》に遷都し、翌年に即位した。

❖**語句**❖ 『かりほの庵』「かりほ」は「仮庵《かりいほ》」がつづまった形で、草木などを編んで作った農作業用の粗末な仮小屋のこと。「刈穂《かりほ》」との掛詞《かけことば》。『苫をあらみ』苫の編み目が粗いので。「苫」は菅《すげ》や茅《かや》をむしろのように編んだ、小屋を覆うためのもの。『衣手』衣装の袖。『露に濡れつつ』「つつ」は反復・継続を表す。

春《はる》過《す》ぎて　夏《なつ》来《き》にけらし　白妙《しろたへ（え）》の
衣《ころも》ほすてふ（ちょう）　天《あま》の香具山《かぐやま》

持統天皇《じとうてんのう》
『新古今集』所収

歌意 春が過ぎて、いよいよ夏がやってきたらしい。夏になると衣を干すという聖なる香具山には、真っ白な着物が干してあるよ。

夏山の緑と衣の純白の鮮やかな対比

夏の到来を詠んだ歌。初夏の緑と衣の白というコントラストが鮮やかに描かれています。舞台となった香具山には、「天上から降りてきた山である」とか、「香具山の神が衣を神水で濡らして干し、その乾き具合で人々の言動の真偽を占った」といった伝説があります。

実は持統天皇が飛鳥時代に作った原歌は、『万葉集』所収の「春過ぎて夏来たるらし白妙の衣ほしたり天の香具山」であり、眼前の実景がありのままに詠まれていました。『新古今集』版では二句目と四句目を改変して語調をやわらげ、「天の香具山」の伝説を踏まえて、伝え聞いた想像上の光景としてイメージを広げています。

作者 645〜702年。第41代天皇。天智《てんじ》天皇①の皇女。夫は叔父にあたる天《てん》武《む》天皇。天武天皇崩御の後、政治の実権を握り、実子草壁《くさかべの》皇子が夭折《ようせつ》すると自ら即位。694年、藤原京に遷都した。

語句 『白妙の』「衣」にかかる枕詞《まくらことば》。樹皮の繊維で織った純白の布。『ほすてふ』「ほすという」のつづまった形。『天の香具山』大和三山《やまとさんざん》（香具山、畝傍《うねび》山、耳成《みみなし》山）に数えられる奈良県橿原《かしはら》市にある山。山が天上から降りてきたという伝説から「天の」という尊称を冠する。

恋 3

あしびきの　山鳥《やまどり》の尾《を(お)》の　しだり尾《を(お)》の　ながながし夜《よ》を　ひとりかも寝《ね(ん)》む

柿本人麻呂《かきのもとのひとまろ》

『拾遺集』所収

歌意　山鳥の長く垂れ下がった尾のように長い長いこの秋の夜を、私はあなたを恋慕しつつ、一人で寂しく寝ることになるのだろうか。

秋の夜長の孤独を山鳥の姿に重ねる

山鳥の雄と雌は、夜になると谷を隔てて、別々の峰で寝るという習性があります。その姿にわが身を重ねて、恋しい人と離れればなれに寝なければならない、秋の夜長のわびしさを詠んだ歌です。

技巧にも富んでおり、山鳥の尾の長さと秋の夜の長さを掛けることで、心情まで映し出しています。また、助詞「の」を4回も重ねることによって、句切れのないなめらかで優美なリズムを生んでいるのです。

この優れた歌は、『万葉集』では作者不明とされていますが、しかし、平安時代になると、歌聖《かせい》・柿本人麻呂の歌として伝えられるようになりました。

❖作者❖　7世紀後半〜8世紀初頭の人物。持統《じとう》天皇②、文武《もんむ》天皇に仕え、宮廷歌人として活躍。『万葉集』を代表する歌人で、三十六歌仙の一人。後世、「歌聖」と称された。名は「人麿《ひとまろ》」「人丸《ひとまる》」ともいう。

❖語句❖　『あしびきの』「山」にかかる枕詞《まくらことば》。上代は「あしひきの」と清音だった。『山鳥』キジ科の鳥で、光沢のある赤銅色をしている。雄は尾が非常に長く、全長が雌の2倍にもなる。『しだり尾』長く垂れ下がっている尾。『ひとりかも寝む』自分に問いかける表現。

田子《たご》の浦《うら》に　うち出《い》でてみれば　白妙《しろたへ(え)》の
富士《ふじ》の高嶺《たかね》に　雪《ゆき》は降《ふ》りつつ

山部赤人《やまべのあかひと》
『新古今集』所収

歌意

田子の浦の浜に出て、遥か遠くを仰ぎ見ると、真っ白な富士山の頂《いただき》には、今まさに雪が降り続いているよ。

遥かなる富士山頂に降る雪を想像する

ある冬の日、田子の浦の浜から見えたのは、山頂に真っ白な雪をたたえた富士山の姿。その雄大な美しさに感動して詠まれた歌です。まるで一幅の絵画のような、堂々たる情景が目に浮かびます。

原歌は、『万葉集』に収められている山部赤人の「田子の浦ゆうち出でて見れば真白にぞ富士の高嶺に雪は降りける」です。「雪は降りける」（雪が降っていたんだなあ）を「雪は降りつつ」（雪が今も降り続いているよ）と改変したことにより、実際には見えるはずのない遥か遠方の富士山頂に、今もなお雪がしんしんと降り続いている景色を想像して詠んだ歌になりました。

作者　8世紀半ばの人物。聖武《しょうむ》天皇に仕えた宮廷歌人で、三十六歌仙の一人。自然を詠んだ歌に優れ、柿本人麻呂《かきのもとのひとまろ》③と並び「歌聖《かせい》」と称された。この二人を「山柿《さんし》」と呼ぶ。姓は「山辺」とも書く。

語句　『田子の浦』駿河《するが》国（静岡県）の海岸。現在の富士市の田子の浦とは位置が異なる。『うち出でてみれば』「うち」は「出でて」にかかる接頭語。『白妙の』「富士」にかかる枕詞《まくらことば》。「純白の布」という意味が転じて、真っ白なことを指す。『降りつつ』「つつ」は反復・継続を表す。

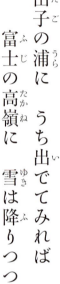

秋 5

奥山《おくやま》に　紅葉《もみぢ（じ）》踏《ふ》みわけ　鳴《な》く鹿《しか》の
声《こゑ（え）》きく時《とき》ぞ　秋《あき》は悲《かな》しき

猿丸大夫《さるまるたいふ》
『古今集』所収

歌意　奥深い山の中、散り敷いた紅葉を踏み分けながら、妻を慕って鳴く鹿の声を聞くと、秋の悲しさが深く身にしみるよ。

恋鹿の鳴き声に晩秋の悲しさを捉える

古来、鹿の鳴き声は秋の風物詩でした。雄鹿が雌鹿を恋うて鳴く声に、深まる秋の悲しさを感じています。「紅葉踏みわけ」ているのは、鹿とする説と、人とする説がありますが、紅葉を踏み分ける鹿の足音と哀切な鳴き声を人が聞いたとするのが自然でしょう。

この歌が収められた『古今集』や『新撰万葉集』では、「紅葉《もみじ》」は仲秋に色づく萩《はぎ》の「黄葉《もみじ》」を指しました。しかし、藤原定家《ふじわらのていか》は楓《かえで》の「紅葉《もみじ》」に改変し、晩秋のいっそうもの悲しい季節感を見事に表現したのです。

『古今集』では詠み人知らずの歌であり、猿丸大夫が実在したかどうかすら、定かではありません。

作者　8世紀後半の人物という説もあるが、謎が多く、伝承上の歌人ともいわれている。三十六歌仙の一人だが、彼の作だと断定できる歌は一首もない。

語句　『奥山』人里を離れた奥深い山。『鳴く鹿の』雄鹿には、連れ合いの雌鹿を求めて「ピー」と甲高く鳴く習性がある。『声きく時ぞ』「ぞ」は「時」を強調し、「声をきく時こそ、とりわけ」という意味になる。『秋は悲しき』「は」は「秋」を強調し、「ほかの季節と比べても、特に秋は悲しい」という意味になる。

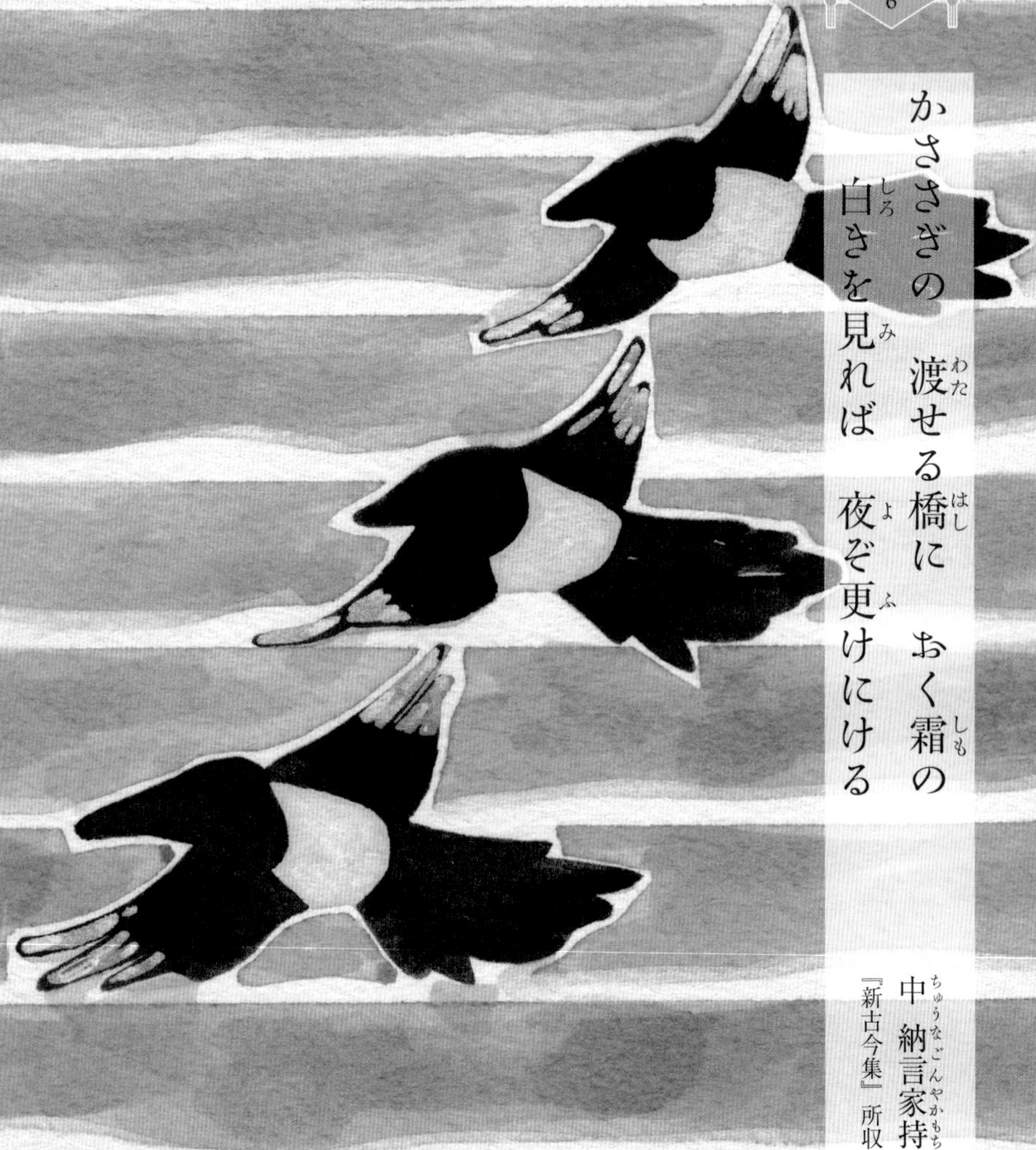

かささぎの　渡《わた》せる橋《はし》に　おく霜《しも》の
白《しろ》きを見《み》れば　夜《よ》ぞ更《ふ》けにける

中納言家持《ちゅうなごんやかもち》
『新古今集』所収

歌意

かささぎが広げた翼を連ねて天の川に架けた橋のような宮中の階段に、真っ白な霜が降りている。それを見ると、すっかり夜も更けてしまったのだなあ。

七夕《たなばた》伝説に見立てた冬の幻想的な光景

冬の深夜、宮中の御階《みはし》（階段）に降りた真っ白な霜を見て、厳しい寒さの中に幻想的な光景を捉えた歌です。

この歌の背景には、中国の七夕伝説があります。年に一度の七夕の日、かささぎが群れをなして翼を広げて連なり、天の川に架かる橋となって、織女《しょくじょ》と牽牛《けんぎゅう》の逢瀬《おうせ》を助けるというのです。なんともロマンチックなこの伝説を、中納言家持は歌に詠み込みました。

「かささぎの渡せる橋」には、二つの解釈があります。そのまま天の川とする「天上説」と、宮中の御階を天の川に見立てた表現とする「地上説」です。当時、宮中の御殿と御殿は階段で結ばれており、その階段を「はし」と呼んでいました。家持が宿直《とのい》を勤めているときに、御階に降りた霜の美しさに感動し、七夕伝説のかささぎの橋を連想したと考えるのが自然でしょう。

作者 ７１８年頃～７８５年。大伴家持《おおとものやかもち》。父は政治家で歌人の大伴旅人《おおとものたびと》。代表的な万葉歌人であり、三十六歌仙の一人に数えられる。『万葉集』の収録歌数は最多の４７３首で、自ら編纂にも携わったとされる。

語句 『かささぎ』カラス科の鳥で、白い腹と肩以外は光沢のある黒い尾羽を持つ。『渡せる橋』かささぎが翼を広げて連なり天の川に橋を架け、織女を牽牛のもとへ渡したという中国の七夕伝説に基づく橋。『おく霜の』「おく」は「降りる」の意。『夜ぞ更けにける』「ぞ」は強調を表す。「ける」は初めて気づいたという感動を表す。

天《あま》の原《はら》　ふりさけ見《み》れば　春日《かすが》なる
三笠《みかさ》の山《やま》に　出《い》でし月《つき》かも

安倍仲麿《あべのなかまろ》
『古今集』所収

歌意　広々とした空を仰ぎ見ると、月が出ている。この月は、かつて奈良の春日にある三笠山の上に出ていたあの月と同じ月なのだなあ。

異国の地で胸に込み上げる望郷の念

17歳のとき、留学生として唐（中国）へ派遣された安倍仲麿。三十数年にわたる海外生活を終えて帰国する際、唐の友人たちが開いてくれた送別の宴で詠んだ歌です。「三笠の山」は、遣唐使が出発する前に安全祈願を行った祠《ほこら》がある思い出の地。かつて仰ぎ見た月を回想し、望郷の念を強めています。描かれた情景も、穏やかな歌の調べも美しい一首です。

ところがその後、仲麿一行を乗せた船は遭難し、安南《あんなん》（ベトナム）に漂着。日本への帰国は断念して唐に戻り、再び故郷の地を踏むことはありませんでした。百人一首の中で唯一、異国の地で詠まれた歌です。

作者　698～770年。奈良時代の遣唐留学生。吉備真備《きびのまきび》らとともに入唐し、玄宗《げんそう》皇帝に仕えた。唐の代表的詩人・李《り》白《はく》や王維《おうい》とも交流。帰国を試みるもかなわず、唐で生涯を終えた。

語句　『天の原』大空。「原」は広々とした様子を表す。『ふりさけ見れば』遥か遠くを仰ぎ見れば。『春日なる』春日にある。「春日」は、現在の奈良公園から春日大社の辺り。『三笠の山』春日大社後方の春日山の一峰。『出でし月かも』「かも」は詠嘆を表す。

雑 8

わが庵《いほ(お)》は　都《みやこ》のたつみ　しかぞ住《す》む
世《よ》をうぢ《(じ)》山《やま》と　人《ひと》はいふ《(う)》なり

喜撰法師《きせんほうし》
『古今集』所収

歌意
私の庵《いおり》は都の東南にあって、このように心静かに暮らしている。それなのに世間の人々は、この世が辛いから宇治山に隠れ住んでいると言っているようだ。

世俗から離れた心静かな隠棲《いんせい》生活

京の都から少し離れた宇治の地で心静かに暮らしている喜撰法師に対し、世間の人々は「辛い世から逃れて隠れ住んでいるらしい」と勝手な憶測をします。これを悲嘆することなく、「わが庵は」「人は」と対比させながら、洒脱《しゃだつ》に明るく詠んだ歌です。

この歌には、言葉遊びが隠れています。「うぢ山」の「うぢ」は、「憂《う》し」と「宇治」の掛詞《かけことば》。「しかぞ住む」の「しか」は、「然《しか》」と「鹿《しか》」を掛けているという説があり、干支の「たつ（辰）」「み（巳）」と続いて「うま」ではなく「しか」を配したユーモアあふれる歌とも解釈できます。ちなみに現在、宇治山は「喜撰山《きせんやま》」と呼ばれています。

作者 9世紀後半の人物。六歌仙の一人だが、確かに本人の作といえるのはこの一首のみ。不老不死や仙人の伝説まである謎めいた僧侶。

語句 『わが庵は』「庵」は世捨て人が住む粗末な小屋。『都のたつみ』「たつみ」は十二支の方位「辰巳《たつみ》」で東南のこと。宇治は京都の東南にあたる。『しかぞ住む』「しか」は「然《しか》り」。このように（心静かに）住む。『うぢ山』「憂《う》し」と「宇治」の掛詞。『人はいふなり』「人」は世間の人。「なり」は伝聞を表す。

花《はな》の色《いろ》は　移《うつ》りにけりな　いたづ(ず)らに
わが身世《みよ》にふる　ながめせしまに

小野小町《おののこまち》
『古今集』所収

歌意
桜の花はむなしく散ってしまったわ。春の長雨が降っていた間に。私の容姿も衰えてしまったわ。物思いにふけっている間に。

散りゆく桜に重ねるわが身の衰え

盛りを過ぎて散ってしまった桜に、絶世の美人とされる作者自身が老いによって衰えていく姿を重ねて詠んだ女性歌人ならではの歌です。「降《ふ》る」と「経《ふ》る」、「長雨《ながめ》」と「眺《なが》め」という二組の掛詞《かけことば》が、「世に降る長雨」と「世に経る眺め」という自然と人事の二つの意味をもたらしています。

また、「いたづらに」は「移りにけりな」「世にふる」「ながめせしまに」の3カ所にかかり、歌の味わいを重層的にしています。

『万葉集』の奈良時代、「花」は「梅」を指すことが多かったのですが、『古今集』の平安時代以降に「花といえば桜」と定着しました。

作者　9世紀後半の女流歌人。六歌仙、三十六歌仙の両方に選ばれている和歌の名手。絶世の美人として数々の伝説があるが、人物の経歴は不詳。

語句　『花の色は』「花」は桜。『移りにけりな』「移る」は空間移動を意味するので、ここでは「散る」。「な」は感動を表す。散ってしまったなあ。『いたづらに』無駄に。むなしく。『世にふる』「ふる」は「降る」と「経る」の掛詞。『ながめせしまに』「ながめ」は「長雨」と「眺め（もの思い）」の掛詞。

雑 10

これやこの　行《ゆ》くも帰《かへ(え)》るも　別《わか》れては　知《し》るも知《し》らぬも　逢《あふ(おう)》坂《さか》の関《せき》

蟬丸《せみまる》
『後撰集』所収

歌意

これがあの、都から旅立つ人も都に帰ってくる人も、知っている人も知らない人も、別れてはまた逢うという逢坂の関なのだなあ。

関所を行き交う旅人に世の無常を思う

京の都の玄関口であった逢坂の関で、出会いと別れを繰り返す旅人たちを眺めながら、人生の無常を詠んだ歌。平安の歌人たちは、出会った者は必ず別れる運命にあるという仏教の教え「会者定離《えしゃじょうり》」をこの歌から感じ取りました。「行く」「帰る」、「知る」「知らぬ」、「別れ」「逢（ふ）」という三組の対句表現を巧みに用いて、リズミカルな調べを生み出しています。

逢坂の関は東西を結ぶ交通の要所であり、蟬丸はその近くに暮らしていました。盲目だったという伝承もあるため、旅人たちの情景をその目で見たかどうかは、定かではありません。

作者 9世紀後半の人物ともいわれているが、経歴は不詳。盲目の琵琶《びわ》の名手で、山にこもった隠者だったと伝えられている。

語句 『これやこの』これが噂に聞くあの……。『行くも帰るも』京都を基準に「出ていく人も、帰ってくる人も」という意味。『別れては』「ては」は反復を表す。『逢坂の関』山城国《やましろ》（京都府）と近江国《おうみ》（滋賀県）の境界にあった関所。鈴《すず》鹿《か》の関、不破《ふわ》の関と並ぶ三関の一つ。「逢う」との掛詞《かけことば》としても詠まれる。

わたの原《はら》 八十島《やそしま》かけて 漕《こ》ぎ出《い》でぬと 人《ひと》には告《つ》げよ 海人《あま》の釣舟《つりぶね》

参議《さんぎ》篁《たかむら》
『古今集』所収

歌意

広々とした大海原をあまたある島々を目指して船を漕ぎ出して行ったと、都にいるあの人に伝えておくれ。漁師の釣舟よ。

流刑地への旅立ちを前に覚悟を決める

838年、参議篁こと小野篁《おののたかむら》は遣唐使の副使を任ぜられ、唐に渡るはずでしたが、破損した船をあてがわれたことに腹を立て、乗船を拒否。そのうえ遣唐使を風刺する『西《さい》道謡《どうのうた》』という漢詩まで作りました。これが嵯峨《さが》上皇の逆鱗《げきりん》に触れ、篁は隠岐《おき》（島根県）へ島流しされることになってしまったのです。

摂津《せっつ》国（大阪府）の難波《なにわ》を出発し、瀬戸内海を通って日本海へ出る長い船旅を前に、都に残した愛しい人（恋人か、家族か）を思って詠まれた歌です。釣舟を擬人化して呼びかける手法は悲しみを際立たせますが、これから大海原へ向かう覚悟も感じ取れます。

作者 802～852年。小野篁。小《お》野《の》妹子《いもこ》の子孫。漢詩文・和歌・書道に優れた学者だったが、遣唐使を辞退・批判したことで流刑に処された。しかし2年後に許され、参議（大納言・中納言に次ぐ官職）にまで昇進した。

語句 『わたの原』広々とした大海原。「わた」は海のこと。『八十島かけて』「八十」は数が多いこと。「かく」は目指すの意。『漕ぎ出でぬと』「ぬ」は完了を表す。『人には告げよ』「には」は限定を表す。『海人』漁師。

雑 12

天《あま》つ風《かぜ》 雲《くも》のかよひぢ(い)(じ) 吹《ふ》きとぢ(じ)よ
乙女《を(お)とめ》の姿《すがた》 しばしとどめむ(ん)

僧正遍昭《そうじょうへんじょう》
『古今集』所収

歌意

空を吹く風よ、雲の中の通り道を閉ざしておくれ。舞い終えた美しい天女たちをもうしばらくこの地上に引きとめておきたいから。

美しい舞姫を天女に見立てて愛でる

僧正遍昭は出家前、仁明《にんみょう》天皇に仕えており、俗名を良《よし》岑《みね》宗貞《のむねさだ》といいました。毎年、陰暦11月中旬の新嘗祭《にいなめさい》では、天皇が新米を食す宮中行事「豊明節会《とよのあかりのせちえ》」が行われており、その席で奉納された舞楽「五節《ごせち》の舞」に感激して詠んだのがこの歌です。

舞姫に選ばれた公卿《くぎょう》や国司《こくし》の家の未婚の娘たちが、きらびやかに着飾って舞い踊るさまは、この世のものとは思えないほど美しいものでした。舞姫の姿を天上から降りてきた天女になぞらえ、舞が終わり帰っていくのを惜しんで、雲の中にある天女の通路を風で吹き閉ざしてほしいと願ったのです。

作者 816〜890年。俗名は良岑宗貞。桓武《かんむ》天皇の孫で、素性法師《そせいほうし》㉑の父。六歌仙、三十六歌仙の両方に選ばれている。仁明天皇崩御の後に出家。僧官の最上級の位である僧正になった。

語句 『天つ風』天の風よ。『雲のかよひぢ』雲の通ひ路、つまり天上と地上を行き来する天女の通路。『乙女の姿』天女の姿。ここでは舞姫たちを天女に見立てている。『しばしとどめむ』しばらくだけでも引きとめておきたい。「む」は意志を表す。

恋 13

筑波嶺《つくばね》の　峰《みね》より落《お》つる　みなの川《がは(わ)》　恋《こひ(い)》ぞつもりて　淵《ふち》となりぬる

陽成院《ようぜいいん》

『後撰集』所収

歌意

筑波山の峰から流れ落ちる男女川《みなのがわ》の水が、少しずつ溜まって淵となるように、私の恋心も積もり積もって淵のように深くなってしまった。

深淵のごとく積もっていく恋心

陽成院はわずか9歳で即位し、陽成天皇となりました。しかし奇行の数々が周囲の批判を呼び、17歳のとき、権力者であった伯父の関白藤原基経《かんぱくふじわらのもとつね》によって皇位から引きずり下ろされたのです。地位を奪われた悲劇の天皇が激しい恋心を詠んだこの歌は、皮肉にも皇位を譲った光孝天皇《こうこう》⑮の皇女である「釣殿《つりどの》の皇女《みこ》」、つまり綏子《すいし》内親王に宛てたラブレターでした。この恋はのちに成就し、綏子内親王は陽成院の后《きさき》となります。

山頂から流れ出たわずかな水がやがて大きな川となり、麓で深い淵に変わっていくさまを、次第にふくらんでいく自らの恋心に重ね、情熱的に詠んでいます。

作者 868〜949年。第57代天皇。清和《せいわ》天皇の皇子で、元良《もとよし》親王⑳の父。9歳で即位したが、伯父にあたる関白藤原基経によって17歳で譲位させられた。

語句 『筑波嶺の』「筑波」は常陸国《ひたち》（茨城県）の筑波山。峰が男体山と女体山の二つに分かれている。『みなの川』筑波山から流れる男女川。峰の名前からこの名がついた。水無川とも書く。『恋ぞつもりて』恋心が次第に大きくなって。『淵となりぬる』「淵」は水がよどんで深くなっているところ。「ぬる」は完了を表す。

恋 14

陸奥《みちのく》の　しのぶもぢ(じ)ずり　誰《たれ》ゆゑ(え)に
乱《みだ》れそめにし　われならなくに

河原左大臣《かわらのさだいじん》
『古今集』所収

歌意

奥州の信夫《しのぶ》地方で作られる布「しのぶもじずり」の乱れ模様のように、私の心が乱れているのは誰のせいか。私のせいではなく、あなたのせいなのだよ。

忍ぶ恋によって乱される男心

福島県信夫地方の染め物「しのぶもじずり」は、忍草《しのぶぐさ》の葉や茎の汁を用いて、もじれ乱れたような模様を布に摺《す》りつけたもの。その模様に自らの心の「乱れ」を託して詠んだ歌です。

「しのぶ」は、知られてはならない「忍ぶ恋」を連想させます。身分違いの片思いや人妻への道ならぬ慕情など、秘めた思いを詠んだ歌は、この時代に数多く作られました。

「乱れそめにし」には「染《そ》め」だけでなく、「初《そ》め」が掛かっており、始まったばかりの恋だったことがうかがえます。

「誰ゆゑに」「われならなくに」という婉曲表現で、「心の乱れはあなたのせいだ」と相手に伝えています。

作者　822～895年。源融《みなもとのとおる》。嵯《さ》峨《が》天皇の皇子だが、源姓を賜り臣籍に下った。六条河原《ろくじょうかわら》に豪奢な邸宅を構えたので、河原左大臣と呼ばれる。『源氏物語』の主人公・光源氏のモデルの一人。

語句　『陸奥』東北地方の東側。『しのぶもぢずり』信夫地方（福島県）で産出された忍草《しのぶぐさ》の色素を摺りつけて染めた布。『誰ゆゑに』誰のせいでそうなったのか。『乱れそめにし』「そめ」は「初め」と「染め」が掛かっている。『われならなくに』私のせいではないのに。

君《きみ》がため　春《はる》の野《の》に出《い》でて　若菜摘《わかなつ》む　わが衣手《ころもで》に　雪《ゆき》は降《ふ》りつつ

光孝天皇《こうこうてんのう》
『古今集』所収

歌意　あなたのために、早春の野に出かけていって、若菜を摘んでいる私の着物の袖には、雪がちらちらと舞い落ちているよ。

若菜の贈り物に添えた相手を思いやる心

光孝天皇が即位前、時康《ときやす》親王と称していた頃に詠んだ歌です。当時は贈り物に和歌を添える習慣があり、この歌もある人物に若菜を贈る際に作られたものです。贈った相手は不明ですが、恋人だったとも、政界の実力者・藤原基経《ふじわらのもとつね》だったとも考えられます。

早春に萌え出た若菜を食することで、邪気を祓《はら》うことができるとされていました。「若菜摘む」といっても、時康親王のような貴人が自ら野辺へ出かけたとは考えにくく、使いの者が摘んだのでしょう。それでも、このたおやかな調べからは、大切な相手の無病息災を願う、やさしい気持ちが伝わってきます。

作者　830～887年。第58代天皇。仁明《にんみょう》天皇の第三皇子で、宇多《うだ》天皇の父。陽成院《ようぜいいん》⑬の後、55歳で即位したが、政治の実権は従兄弟の関白《かんぱく》藤原基経が握っていた。わずか4年後に崩御。『源氏物語』の主人公・光源氏のモデルの一人。

語句　『君がため』あなたのために。ここでは若菜を贈った相手のこと。『若菜』早春に萌え出る野の草の総称。セリ、ナズナ、ゴギョウといった春の七草などを指す。『衣手』着物の袖。『雪は降りつつ』「つつ」は反復・継続を表す。

立《た》ち別《わか》れ　いなばの山《やま》の　峰《みね》に生《お》ふ（う）る
まつとし聞《き》かば　今帰《いまかへ（え）》り来《こ》む（ん）

中納言行平《ちゅうなごんゆきひら》
『古今集』所収

歌意
あなた方と別れて因幡《いなば》の国へ行きますが、稲羽山《いなばやま》の峰に生えている「松」のように、私を「待つ」と聞いたならば、すぐにでも帰ってまいりましょう。

地方赴任を前に都人との別れを惜しむ

中納言行平こと在原行平《ありわらのゆきひら》は38歳のとき、地方官である因幡守《いなばのもり》に任ぜられました。京の都から遠く離れた因幡国（鳥取県）へ赴任する行平のために、友人たちが開いてくれた送別の宴で詠まれた挨拶の歌です。都の人々との別れを惜しむ行平の気持ちが表れています。

この歌には、二組の掛詞《かけことば》が軸として用いられています。一つ目は、因幡国にある稲羽山の「いなば」と、上の句の「別れ」につながる「往《い》なば」（去ったならば）。二つ目は、峰に生える「松」と、京で帰りを「待つ」。赴任地の風景を想像してみるものの、やはり後ろ髪を引かれる思いが湧き上がってくるのです。

作者　818～893年。在原行平。在原業平《なりひら》⑰の異母兄で、阿保《あぼ》親王の子。臣籍に下り、因幡守に任ぜられた後、大宰権帥《だざいのごんのそち》、中納言正三位《しょうさんみ》に昇進する。現存する最古の歌合《うたあわせ》を主催した。

語句　『立ち別れ』「立ち」は強調を表す。『いなばの山』因幡国（鳥取県）の稲羽山。松が多く生えていたという。「いなば」は、「因幡」と「往なば」の掛詞。『まつとし聞かば』「まつ」は、「松」と「待つ」の掛詞。『今帰り来む』「今」は、すぐに。「む」は意志を表す。

ちはやぶる　神代《かみよ》も聞《き》かず　竜田《たつた》川《がは(わ)》
からくれなゐ(い)に　水《みず》くくるとは

在原業平朝臣《ありわらのなりひらあそん》
『古今集』所収

歌意 不思議なことが多かったという神々の時代にも聞いたことがない。竜田川が紅葉を散り流して、水を鮮やかな紅色にくくり染めにしているなんて。

竜田川の紅葉の美しさを詠んだ屏風歌

竜田川に散り落ちた紅葉が、水面を真紅に染めながら流れる様子を詠っています。「くくる」には、清音の「くくる（括）」と、濁音の「くぐる（潜）」の二つの説があります。現在では「くくる」と発音するのが一般的であり、「水を紅色の絞り染めにする」という川を反物に見立てた表現になります。しかし、藤原定家《ふじわらのていか》は「くぐる」と解していたようで、その場合は「紅葉で埋め尽くされた水面の下を潜って流れる」という意味になります。

実はこの歌は、竜田川を見ながら詠まれたものではありません。清和《せいわ》天皇の后《きさき》である二条の后（藤原高子《ふじわらのたかいこ》）の求めにより、在原業平は宮中の屏風絵を見ながら詠んだのです。二条の后は入内《じゅだい》する前、業平の恋人だったと伝えられているため、歌に詠まれた鮮やかな紅色は、忘れがたい激しい恋心だったのかもしれません。

作者 825～880年。在原行平《ゆきひら》⑯の異母弟で、阿保《あぼ》親王の子。六歌仙、三十六歌仙の両方に選ばれている和歌の名手。『伊勢物語』の主人公である昔男のモデルとされている。「朝臣」とは、皇室から分家した氏族の敬称。

語句 『ちはやぶる』「神」にかかる枕詞《まくらことば》。『神代も聞かず』「神代」は神々が治めていた時代のこと。『竜田川』奈良県生駒郡にある竜田山のほとりを流れる川。紅葉の名所。『からくれなゐ』唐や韓《から》の国から渡来した紅。当時の日本の染料では出せないほど鮮やかな真紅だった。『水くくる』「くくる」は、くくり染めにすること。

住《すみ》の江《え》の　岸《きし》による波《なみ》　よるさへ《(え)》や
夢《ゆめ》の通《かよ》ひ《(い)》路《ぢ(じ)》　人目《ひとめ》よくらむ《(ん)》

藤原敏行朝臣《ふじわらのとしゆきあそん》
『古今集』所収

歌意

住の江の海岸に寄る波の「よる」ではないけれど、夜の夢の中で通う道にさえ、どうしてあなたは人目を避けて現れないのでしょうか。

夢の中ですら会えないもどかしさ

平安時代、夢に異性が出てくることは、相手が自分に好意を寄せている証拠だと考えられていました。そのため、好きな人が夢に出てきてくれないと、自分は思われていないのだと嘆いたのです。この歌では、男性である藤原敏行が恋人の来訪を待つ女性の視点に立って、夢ですら会えないもどかしさを詠っています。寄せては返す波のように、恋しさと恨みが交互に去来する恋心が読み取れます。

修辞技巧を凝らした歌であり、「住の江の岸による波」は、続く「よる」を導く序詞《じょことば》で、「よる」は「寄る」と「夜」の掛詞《かけことば》になっています。また、「夢の通ひ路」は特殊な表現で、この歌が初出とされています。

作者 生年不詳～907年頃。三十六歌仙の一人であり、弘法大師《こうぼうだいし》に並ぶ書家。在原業平《ありわらのなりひら》⑰の妻の妹婿。

語句 『住の江』大阪市住吉区の海岸で松の名所。『岸による波』ここまでが次の「よる」を導く序詞。『よるさへや』「よる」は「寄る」と「夜」の掛詞。「や」は疑問を表す。昼ばかりでなく夜さえも。『夢の通ひ路』夢の中で男が女のもとへ通ってくる道。『人目よくらむ』「人目」は他人の見る目。「よく」は、避けるの意。「らむ」は推量を表す。

難波潟《なには(わ)がた》 短《みじか》き蘆《あし》の ふしの間《ま》も 逢《あ》は《(わ)》でこの世《よ》を 過《す》ぐしてよとや

伊勢《いせ》
『新古今集』所収

歌意
難波潟に生えている蘆の、節と節の間ほどのほんの短い時間でさえも逢わないまま、私にこの世を終えてしまえとあなたはおっしゃるのでしょうか。

かなわぬ逢瀬《おうせ》を蘆の節の間の短さにたとえる

蘆の節と節の間の短さを、ほんの少しの時間になぞらえて、そんなわずかな逢瀬もかなわない恨みと思慕の情を強い語調で相手に訴えています。恋多き女性であった伊勢は、藤原仲平《ふじわらのなかひら》（中宮温子《おんし》の兄）、宇多《うだ》天皇、敦慶《あつよし》親王（宇多天皇の子）など、さまざまな男性との恋を経験しています。この歌は、最初の恋人・仲平の素っ気ない手紙に返したものと伝えられています。

「難波潟短き蘆の」は「ふしの間」を導く序詞《じょことば》、「ふしの間」は「節の間」と「わずかな時間」の掛詞《かけことば》です。また、男女の仲や人生を指す「世」は、節の間を「よ」ということから、「節」とともに「蘆」の縁語になっています。

作者 877年頃～938年頃。伊勢《いせの》守《かみ》であった藤原継蔭《ふじわらのつぐかげ》の娘で、三十六歌仙の一人。宇多天皇の中宮温子に仕えた女房。宇多天皇や敦慶親王の寵愛を受け、敦慶親王との間に娘の中務《なかつかさ》を産んだ。

語句 『難波潟』大阪湾の一部で蘆の名所。『短き蘆の』ここまでが「ふしの間」を導く序詞。「蘆」はイネ科の多年草で水辺に自生する。『ふしの間』蘆の節と節の間。ほんの短い間を表す。『過ぐしてよとや』「てよ」は命令形。「や」は疑問を表す。

わびぬれば　今《いま》はた同《おな》じ　難波《なには(わ)》なる
みをつくしても　逢《あ(わ)》はむ《(ん)》とぞ思《おも》ふ《(う)》

元良親王《もとよししんのう》
『後撰集』所収

歌意
こんなに思い悩んで苦しんでいるのだから、今となってはもう同じこと。難波潟にある澪標《みおつくし》のように、私の身を尽くしてもあなたに逢おうと思う。

道ならぬ恋に身を滅ぼす覚悟を決める

陽成院《ようぜいいん》⑬の子である元良親王が、宇多《うだ》天皇の女御《にょうご》である京極御息所《きょうごくみやすんどころ》と密通していることが世間にもれて、噂が広まってしまったときに詠んだ歌。もはや苦悩しても仕方のないことならば、この身を滅ぼす覚悟で相手に逢いたいと願う激しい恋慕の情が込められています。上二句で思いつめた気持ちを述べ、下三句で自棄的ともいえるほどの強い決意が表明されています。

元良親王は、当代随一の色男であり、「一夜めぐりの君」と称されるほどでした。死後に編まれた歌集『元良親王集』には、数多くの女性とやりとりした贈答歌が収められています。

作者 890〜943年。陽成天皇⑬の第一皇子だが、父の退位後に生まれたために即位できなかった。風流好色として知られ、『源氏物語』の主人公・光源氏のモデルの一人とされている。

語句 『わびぬれば』「わぶ」は悩み苦しむこと。『今はた同じ』「はた」は、もはやの意。『みをつくしても』「澪標」と「身を尽くし」の掛詞《かけことば》。「澪標」は、船が通りやすい深い水脈を知らせるための杭で、難波の名物。『逢はむとぞ思ふ』「む」は意志、「ぞ」は強調を表す。

恋 21

今来《いまこ》む（ん）と　言《い》ひ（い）しばかりに　長月《ながつき》の
有明《ありあけ》の月《つき》を　待《ま》ち出《い》でつるかな

素性法師《そせいほうし》
『古今集』所収

歌意

「すぐに行きます」とあなたが言ったばかりに、9月の夜長を待ち続けていたけれど、とうとう明け方の月が出てきてしまったよ。

明け方まで待ち続ける女性の切なさ

僧侶である素性法師が、女性の立場で詠んだ歌です。当時は、男性が女性の身になって虚構の世界を詠むことは珍しくありませんでした。「秋の夜長」といわれるように、陰暦9月の長い長い夜が明けて、有明の月が出る時間になっても相手の男性は来ないのです。「すぐに行く」と言ったくせに……という恨みとも取れる寂しさが漂います。

女性が待った期間については、一晩だけだったとする「一夜説」と、数カ月にもわたったとする「月来説《つきごろ》」があります。注釈書『顕注密勘《けんちゅうみっかん》』によると、藤原定家《ふじわらのていか》は「月来説」を提唱しています。いずれにしても、月を眺めながら待ちぼうけをくわされた女性の切なさが感じられます。

作者 9世紀後半～10世紀初頭の人物。俗名は良岑玄利《よしみねのはるとし》。僧正遍昭《そうじょうへんじょう》⑫の子。清和《せいわ》天皇に仕えていたが、父の命令により出家。三十六歌仙の一人に数えられる。

語句 『今来むと』「今」は、すぐに。「来む」は男性の立場からは「行く」、女性の立場からは「来る」の意。『言ひしばかりに』「ばかり」は限定を表す。あなたが言ってきたばかりに。『長月の』陰暦9月。晩秋であり、夜が長い。『有明の月』夜更けに出て、明け方まで空に残っている月。

吹《ふ》くからに　秋《あき》の草木《くさき》の　しをる(お)れば
むべ山風《やまかぜ》を　嵐《あらし》といふ(う)らむ(ん)

文屋康秀《ふんやのやすひで》
『古今集』所収

歌意
吹くやいなや、秋の草木がしおれてしまうので、なるほど、それで山から吹き下ろす風のことを「嵐」というのであろう。

「山風」が「嵐」になる機知に富んだ言葉遊び

「山風」の漢字二字を合わせると「嵐」になるという言葉遊びを軸に、秋の情景を描写した歌です。さらに秋の草木を「荒らし」てしまうことが掛けられ、技巧に富んだ構成になっています。このような言葉遊びは、中国の離合詩《りごうし》（字訓詩《じくんし》）を模倣したもので、平安時代に流行しました。ほかにも「雪降れば木毎《きごと》に花ぞ咲きにけるいづれを梅とわきて折らまし」（『古今集』）のように、「木毎」を合わせると「梅」になることを詠った歌もあります。

紀貫之《きのつらゆき》㉟は『古今集』仮名序で「言葉遣いは巧みだが、中身がない歌」と批判していますが、ときにはこうしたテクニックを優先した面白さがあってもよいでしょう。

作者 9世紀半ばの人物。文屋朝康《ふんやのあさやす》㊲の父。下級官吏《かんり》であったが、実力で六歌仙の一人に選ばれた。同様に和歌の名手であった小野小町《おののこまち》⑨を三河《みかわ》国（愛知県）へ赴任する際に誘ったという逸話が有名。

語句 『吹くからに』「からに」は、～するやいなやの意。『しをるれば』「しをる」は草木がぐったりとして、しおれること。『むべ』なるほど。もっともだ。『山風』山から吹き下ろす風。『嵐といふらむ』「嵐」は「荒らし」との掛詞《かけことば》。「らむ」は原因推量を表す。

月《つき》見《み》れば　ちぢにものこそ　悲《かな》しけれ　わが身《み》ひとつの　秋《あき》にはあらねど

大江千里《おおえのちさと》
『古今集』所収

歌意 月を見ていると、あれこれといろいろなことがもの悲しく感じられるなあ。秋は、私一人だけのために来たわけではないのだけれど。

漢詩をもとに秋のもの悲しさを詠む

平安時代以降、秋をもの悲しい季節と捉えるようになりました。この歌では、秋の悲しみを自分が独占しているのではないかと思うほどの悲哀を詠っています。

文章博士《もんじょうはかせ》であり、優れた漢学者だった大江千里は、漢詩を和歌に翻案するのが得意でした。この歌も、白居易《はくきょい》（白《はく》楽天《らくてん》）の『白氏文集《はくしもんじゅう》』にある漢詩「燕子楼《えんしろう》中霜月《ちゅうそうげつ》の夜《よる》秋来《あききた》って只《ただ》一人の為《ため》に長し」を下敷きに作られたとされています。夫に先立たれた妻が、秋の夜長に月を眺めながら孤独を悲嘆するという内容です。「月」と「わが身」、「ちぢ」と「ひとつ」の二組の対比は、漢詩の技巧である対句《ついく》の表現であり、見事に和歌に取り入れられています。

作者 9世紀後半~10世紀初頭の人物。大江音人《おおえのおとんど》の子で、在原行平《ありわらのゆきひら》⑯、業平《なりひら》⑰の甥にあたる。漢学者であり、漢詩をもとに和歌を詠んだ歌集『句題和歌《くだいわか》』を宇多《うだ》天皇に献上している。

語句 『ちぢに』「千々に」で、さまざまに、際限なくの意。『ものこそ悲しけれ』「もの悲しい（なんとなく悲しい）」に強調の「こそ」を挿入して強めた表現。『わが身ひとつの』自分一人だけの。「ちぢに」と対比させるために「一人」ではなく「ひとつ」としている。

このたびは　幣《ぬさ》もとりあへ（え）ず　手向山《たむけやま》　紅葉《もみぢ(じ)》の錦《にしき》　神《かみ》のまにまに

菅家《かんけ》
『古今集』所収

歌意 この度の旅には、幣を捧げることもできません。とりあえず、手向山の錦織さながらに美しい紅葉を捧げますので、神様のお心のままにお受け取りください。

神に捧げる錦織のように美しい紅葉

菅家は、学問の神として祀られた菅原道真《すがわらのみちざね》の尊称。この歌は、宇多《うだ》上皇が「宮滝御幸《みやたきごこう》」と呼ばれる大和《やまと》（奈良）地方への大規模な旅をしたときに、道真がお供しながら詠んだものです。

「幣」とは、麻や木綿、紙などの切れ端で作られた色とりどりの布片や紙片で、道祖神《どうそしん》に捧げるためのもの。これをまき散らして、旅の安全を祈願するのが習わしでした。しかし、手向の山の紅葉が錦織のごとく、あまりに美しいので、紅葉を幣に見立てて代わりに神に捧げると詠ったのです。道真のとっさの機転によって、燃えるような紅葉の華麗さが浮かび上がってきます。

作者 845～903年。菅原道真。宇多天皇、醍醐《だいご》天皇に仕えて右大臣になるが、九州の大宰府《だざいふ》に左遷され、その地で没した。京都の北野天満宮に祀られ、学問の神として信仰されている。

語句 『このたびは』「たび」は「度」と「旅」の掛詞《かけことば》。『幣』旅の安全を祈って道祖神に捧げるための紙片や布片。『手向山』神に手向け（供え）をする山。『紅葉の錦』紅葉の美しさを着物の錦織に見立てている。『神のまにまに』神様の思うままに。「まにまに」は、～のままに。

名《な》にしおは《（わ）》ば　逢《あふ（おう）》坂山《さかやま》の　さねかづ《（ず）》ら　人《ひと》に知《し》られで　くるよしもがな

三条右大臣《さんじょうのうだいじん》
『後撰集』所収

歌意

「逢って寝る」という名を持っているのならば、逢坂山のさねかずらがたぐり寄せれば来るように、誰にも知られずにあなたに逢いに行く術がほしいよ。

さねかずらをたぐるように逢いたい思い

平安時代の恋は、男性が女性のもとへと通うのが習わしでした。しかし、何か事情があって、逢いに行くことができないことを男性側の三条右大臣が嘆いて詠んだ歌です。「くる」には「繰《く》る」と「来る」が掛かっており、さねかずらのつるを繰る（たぐり寄せる）ように、どうにかしてあなたのもとへ来る（行く）ことができないだろうかと、人目を忍んで逢いたい思いが描かれています。現物のさねかずらに添えて、恋人に贈られた歌だといわれています。

「逢坂山」と「逢ふ」、「さねかづら」と「さ寝（共寝）」、「繰る」と「来る」の三つの掛詞《かけことば》が複雑にからみ合った、技巧に富んだ歌といえるでしょう。

作者　873〜932年。藤原定方《ふじわらのさだかた》。藤原朝忠《あさただ》㊹の父。京都三条に邸宅があったため、「三条右大臣」と称される。和歌や管弦に優れていた。

語句　『名にしおはば』「名に負ふ」は、〜という名を持つの意。「ば」は仮定を表す。『逢坂山』山城《やましろ》国（京都府）と近江《おうみ》国（滋賀県）の国境の山。「逢ふ」との掛詞。『さねかづら』つる性の低木。別名・美《び》男蔓《なんかずら》。『くるよしもがな』「くる」は「繰る」と「来る」の掛詞。「繰る」はたぐり寄せることで、「さねかづら」の縁語。

小倉山《を(お)ぐらやま》 峰《みね》のもみぢ(じ)葉《ば》 心《こころ》あらば
今《いま》ひとたびの みゆき待《ま》たなむ(ん)

貞信公《ていしんこう》
『拾遺集』所収

歌意 小倉山の峰の紅葉よ、もしもお前に心があるのならば、もう一度あるはずの行幸《みゆき》まで、散らずに待っていておくれ。

紅葉の美しさを詠んで行幸を促す

『拾《しゅう》遺《い》集』の詞書《ことばがき》には、「亭子院大堰川《ていじのゐんおほゐがは》に御幸《みゆき》ありて、行幸《みゆき》もありぬべき所なりと仰《おほ》せたまふに、ことのよし奏せむと申して」とあります。つまり、宇多《うだ》法皇（法皇は出家した上皇）が京都嵯峨《さが》の大堰《おおい》川へ御幸したときに、お供した貞信公こと藤原忠平《ふじわらのただひら》が詠んだ歌です。小倉山の紅葉の美しさに感動した法皇が、息子である醍醐《だいご》天皇にも見せたいものだと言ったのに応じ、忠平がその気持ちを歌に託して、天皇に奏上したというのです。

紅葉を擬人化し、「風流を理解する心があるなら、醍醐天皇が訪れるまで、散らずに待っていておくれ」と呼びかけることで、間接的に天皇に行幸を勧めました。これ以降、小倉山への行幸は慣例になったといわれています。

藤原定家《ふじわらのていか》は、自身の別荘が小倉山にあったため、小倉山を賛美したこの歌を選んだのかもしれません。

❖**作者**❖ 880~949年。藤原忠平。「貞信公」は死後につけられた諡《おくりな》。関白藤原基経《もとつね》の四男で、兄に時平《ときひら》、仲平《なかひら》がいる。摂政《せっしょう》・関白《かんぱく》となり、藤原氏全盛の礎《いしずえ》を築いた。

❖**語句**❖ 『小倉山』京都嵯峨を流れる大堰川を隔てて、嵐山に対している山。紅葉の名所。『峰のもみぢ葉』峰の紅葉を擬人化し、呼びかけている。『心あらば』もし人の心があるならば。『今ひとたびの』もう一度あるはずの。『みゆき』天皇の外出や旅を指す「行幸」と、法皇・上皇・女院のそれにあたる「御幸」がある。ここでは「行幸」のこと。「なむ」は願望を表す。

みかの原《はら》　わきて流《なが》るる　いづ《(ず)》み川《がは(わ)》
いつ見《み》きとてか　恋《こひ(い)》しかるらむ《(ん)》

中納言兼輔《ちゅうなごんかねすけ》
『新古今集』所収

歌意
みかの原を分けるように、湧き出て流れるいづみ川の「いつ」ではないけれど、いつ見たというわけでもないのに、なぜこんなに恋しいのだろうか。

まだ見ない相手への募る恋心

一度も逢ったことがない女性への募る恋心を詠んだ歌。平安時代には、女性が人前で顔を見せることは珍しかったため、男性は噂を聞いただけで恋をし、和歌や手紙に思いを託して相手とやりとりをしました。

みかの原を二つに分かつように流れるいづみ川の景観を表現した上三句は、「いつ見」を導き出すための序詞《じょことば》としての働きがあり、続く下二句で初めて主題である恋心が描かれています。「わきて」には、みかの原を「分きて」と泉が「湧きて」が掛かっており、恋しい人との間に隔たりがあることや、憧れの念が尽きることなくあふれ出てくることを表現しています。

作者 877〜933年。藤原兼輔《ふじわらのかねすけ》。藤原定方《さだかた》㉕の従兄弟で、紫式部《むらさきしきぶ》(57)の曽祖父にあたる。三十六歌仙の一人。賀茂川《かもがわ》堤《てい》に邸宅があったことから、「堤《つつみ》中納言」とも称される。

語句 『みかの原』山城国《やましろ》(京都府)の現在の木津川《きづがわ》市にある地名。『わきて流るる』「わき」は「分き」と「湧《わ》き」の掛詞《かけことば》。「湧き」は「いづみ」の縁語。『いづみ川』現在の木津川。ここまでが「いつ見」を導く序詞。『いつ見きとてか』いつ見たというのだろうか。

山里《やまざと》は　冬《ふゆ》ぞ寂《さび》しさ　まさりける
人目《ひとめ》も草《くさ》も　かれぬと思《おも》へ《(え)》ば

源《みなもとの》 宗于《むねゆき》朝臣《あそん》
『古今集』所収

歌意
山里は、とりわけ冬が寂しく感じられるものだなあ。訪れる人もいなくなり、草木も枯れてしまうと思うと。

人影もない冬の山里に漂う寂寥感《せきりょう》

都から離れた山里は、冬になると人も訪ねてこなくなり、草木も枯れ果ててしまうという寂寥感がひしひしと伝わってきます。「離《か》る」と「枯《か》る」の掛詞《かけことば》が、人も自然も失ってしまう孤独感をいっそう深めています。

この歌には、藤原興風《ふじわらのおきかぜ》㉞が詠んだ「秋来れば虫とともにぞなかれぬる人も草葉もかれぬと思へば」の一部を引用した、本歌取りの手法が用いられています。源宗于は、本来、寂しさを象徴する秋を、冬という季節に転換して詠んだのです。春、夏、秋も寂しいけれど、とりわけ冬が寂しいことに気づいたのでしょう。上三句と下二句を倒置にすることで、その思いが強調されています。

作者　生年不詳～939年。光孝《こうこう》天皇⑮の孫で、是忠《これただ》親王の息子。臣籍に下り、源姓を賜ったが、官位が思うように進まず、宇多《うだ》天皇に嘆いたという逸話が『大和物語《やまとものがたり》』にある。三十六歌仙の一人。

語句　『冬ぞ寂しさ』冬は特に寂しいということ。「ぞ」は強調を表す。『まさりける』「まさる」は、多くなる、募るの意。『人目』ここでは「人の見る目」ではなく、「人の往来」のこと。『かれぬと思へば』「かる」は「離る（人が来なくなる）」と「枯る」の掛詞。

心《こころ》あてに　折《を(お)》らばや折《を(お)》らむ(ん)　初霜《はつしも》の
置《お》きまどはせ(わ)る　白菊《しらぎく》の花《はな》

凡河内躬恒《おおしこうちのみつね》
『古今集』所収

歌意　心して折るならば、折れるでしょうか。初霜が降りて、見分けがつかなくなっている白菊の花を。

初霜と白菊を取り合わせた「白」の世界

晩秋の寒さ厳しい早朝、初霜が降りて庭一面が真っ白に染まり、その白さに紛れて、霜と白菊の区別がつかなくなっていると詠っています。凡河内躬恒は、実際にこの光景を見たわけではなく、見立てによって幻想したのです。早朝の凜とした空気、冷ややかな初霜の白と、清らかに咲く白菊の白。その幻想的な「白」の世界を言葉巧みに表現しました。

菊は、奈良時代に唐(中国)から渡来しました。『万葉集』には菊を詠んだ歌は一首もなく、『古今集』以降に和歌の素材として定着しました。白菊と霜の取り合わせは、漢詩の発想を和歌に採用したものです。

作者　9世紀後半～10世紀初頭の人物。『古今集』の撰者の一人で、三十六歌仙にも名を連ねている。下級官吏《かんり》ながら、紀貫之《きのつらゆき》㉟に並ぶほど優れた歌人だった。

語句　『心あてに』「あてずっぽうに」とも訳されるが、ここでは「心して」と訳す。『折らばや折らむ』「ば」は仮定、「や」は疑問、「む」は意志を表す。『初霜』その年、初めて降りる霜。晩秋から初冬の頃に見られる。『置きまどはせる』「まどはす」は、紛らわしくすること。『白菊の花』詠嘆を表す体言止め。

恋 30

有明《ありあけ》の　つれなく見《み》えし　別《わか》れより
暁《あかつき》ばかり　憂《う》きものはなし

壬生忠岑《みぶのただみね》
『古今集』所収

歌意
有明の月が素っ気なく見えたあの別れのとき以来、私にとって暁ほど辛く思えるものはありません。

無情にも逢瀬《おうせ》の終わりを告げる有明の月

「有明」は、夜明けの空に残っている月。陰暦の各月16日以降に見ることができます。その月が出る頃は、一夜の逢瀬を終えて、男性が女性のもとから帰っていく時間でした。無情にも別れの時間を告げる月を恨めしく思う気持ちが詠まれています。

「つれなく見えし」には、いくつかの解釈があります。つれないのは月とする説、相手の女性とする説、その両方とする説です。この歌は『古今集』の「逢はずして帰る恋」(女性のもとを訪れたが、逢ってもらえずにむなしく帰ること)の歌群に配されているため、女性に冷たくされ、月までもが素っ気なく見えたと捉える説が有力です。

作者 9世紀末〜10世紀前半の人物。壬生忠見《みぶのただみ》㊶の父。『古今集』の撰者で、三十六歌仙にも名を連ねている。官位は低かったが、歌人としては一流だった。

語句 『有明』有明の月。夜更けに出て、明け方まで空に残っている月。『つれなく見えし』「つれなし」は、冷淡だ、無関心だの意。『別れより』別れ以来。『暁』夜明け前のまだ暗い時間帯。午前3時〜日の出まで。『憂きものはなし』「憂き」は、辛いの意。「〜ばかり〜なし」で、「〜ほど〜はない」となる。

朝《あさ》ぼらけ　有明《ありあけ》の月《つき》と　見《み》るまでに
吉野《よしの》の里《さと》に　降《ふ》れる白雪《しらゆき》

坂上是則《さかのうえのこれのり》
『古今集』所収

歌意

夜がほのぼのと明ける頃、有明の月かと思うほどに、吉野の里に白々と雪が降り積もっているよ。

月明かりに見まがうほどの雪の白さ

朝、目を覚ますと、外がほのかに明るんでいる。有明の月の光かと思えば、なんと一面に降りしく雪だったという感動が描かれています。『古今集』の詞書《ことばがき》に「大和《やまと》の国にまかれりける時に、雪の降りけるを見て詠める」とあるとおり、坂上是則が吉野を訪れた際に詠んだ歌です。漢詩の影響を受け、月明かりの白さを雪に見立てています。

古来、歌枕として多くの和歌に登場する「吉野」は、現在の奈良県南部にある吉野山一帯をいいます。天武《てんむ》天皇や持統《じとう》天皇などが行幸《みゆき》で訪れており、雪、桜、紅葉の名所として知られています。四季折々の自然美を見せる吉野は、都の人たちにとって憧れの地でした。

作者 9世紀末～10世紀前半の人物。蝦夷《えみし》を征討した坂上田村麻呂《さかのうえのたむらまろ》の子孫。三十六歌仙の一人であり、蹴鞠《けまり》の名手でもあった。子の坂上望城《さかのうえのもちき》は『後撰集』の撰者。

語句 『朝ぼらけ』夜が明けてきて、ほのぼのと明るくなる時間帯。『有明の月』夜更けに出て、明け方まで空に残っている月。『見るまでに』「見る」は、思う、判断するの意。『吉野の里』大和国（奈良県）の吉野郡。雪や桜の名所。『降れる白雪』降っている白雪。体言止めで、詠嘆が込められている。

秋 32

山川《やまがは》(わ)に　風《かぜ》のかけたる　しがらみは
流《なが》れもあへ(え)ぬ　紅葉《もみぢ》(じ)なりけり

春道列樹《はるみちのつらき》
『古今集』所収

歌意　山あいを流れる川に、風がかけたしがらみ（柵）とは、流れきれずにたまった紅葉だったのだなあ。

谷川に散りたまる紅葉は風がかけた柵

山城《やましろ》国（京都府）から如意ヶ岳《にょいがたけ》と比叡山《ひえいざん》の間を通って、近江《おうみ》国（滋賀県）へ抜ける山道で詠まれた歌です。上の句で「風がかけたしがらみ（柵）とは何か」と問いかけ、下の句で「流れきれずにたまった紅葉」と答えています。風を擬人化し、紅葉を吹き散らしてしがらみにしたと見立てているのです。谷川を鮮やかに染める紅葉の美しさに、晩秋の情趣が感じられます。

藤原定家《ふじわらのていか》は「風のかけたるしがらみ」という独特の表現を気に入ったようで、本歌取りして「木の葉もて風のかけたるしがらみにさてもよどまぬ秋の色かな」という歌を残しています。

作者　生年不詳～920年。主税頭《ちからのかみ》・春道新名《はるみちのにいな》の子。大学寮で漢詩文や史書を学ぶ文章生《もんじょうしょう》となる。歌人としては無名だったが、この歌が高く評価された。

語句　『山川』山の中を流れる川。『風のかけたる』風がかけた。風を擬人化した表現。『しがらみ』川の中に杭を立てて流れをせき止める柵。『流れもあへぬ』「あへぬ」は「あふ」に否定の「ぬ」をつけたもので、「完全に～しきれない」の意。『紅葉なりけり』「なり」は断定、「けり」は詠嘆を表す。

ひさかたの　光《ひかり》のどけき　春《はる》の日《ひ》に
しづ（ず）こころなく　花《はな》の散《ち》るらむ（ん）

紀友則《きのとものり》
『古今集』所収

歌意 日の光がのどかな春の日に、どうして落ち着いた心もなく、桜の花は慌ただしく散ってしまうのだろう。

散り急ぐ桜のはかなさを惜しむ

あらゆるものが穏やかで、のんびりとした春の日。上三句に描かれた、そんな麗らかな光景から一転、下二句では桜の花だけが急ぐように散ってしまうと嘆いています。桜を擬人化し、花が自らの意志を持っているかのように詠んだのです。咲き始めたと思ったら、あっという間に散りゆく桜のはかなさに、人の世の無常を重ねているとも受け取れます。

「ひさかた」「ひかり」「はるのひ」と「ひ」「は」の音が連なることによって、歌全体にゆるやかなリズムが生まれています。その美しい調べから、『百人一首』の中で最も知られている歌の一つです。

作者 生年不詳～905年頃。紀貫之《きのつらゆき》㉟の従兄弟。宇多《うだ》天皇、醍醐《だいご》天皇に仕えた。三十六歌仙の一人。『古今集』の撰者だったが、完成前に没した。

語句 『ひさかたの』天、空、光、月、雲など天体に関する語にかかる枕詞《まくらことば》。『光のどけき』「のどけし」は、のどかで穏やかであること。『しづこころなく』「静心」と書き、落ち着いた心のこと。桜が心を持っているかのように表現した擬人法。『花の散るらむ』「花」は桜。「らむ」は推量を表す。どうして散るのだろう。

雑 34

誰《たれ》をかも　知《し》る人《ひと》にせむ（ん）　高砂《たかさご》の　松《まつ》も昔《むかし》の　友《とも》ならなくに

藤原興風《ふじわらのおきかぜ》
『古今集』所収

歌意

年老いた私は、いったい誰を親しい友人としたらよいのか。長寿の高砂の松でさえ、昔からの友ではないのに。

親しい友人のいない老後の孤独

親しい友人たちに先立たれ、ふと気づくと一人取り残されてしまった。そんな老いの寂しさを詠っています。せめて自分と同じくらい長生きしている松の老木を友にしようかと考えるのですが、松は松でしかなく、昔からの友人にはなりえないのです。

「高砂の松」は、現在の兵庫県高砂市にある高砂神社の境内に生える「相生《あいおい》の松」のこと。一つの根から黒松と赤松の二つの幹が出ています。長寿の象徴として知られ、本来はおめでたいものですが、この歌の中では、老齢の作者の姿に重なり、孤独感をいっそう際立たせる存在として詠まれています。

作者　9世紀後半～10世紀初頭の人物。日本最古の歌論『歌経標式《かきょうひょうしき》』の著者である藤原浜成《ふじわらのはまなり》のひ孫。三十六歌仙の一人。官位は低かったが、歌人として高く評価された。琴の名手とも伝えられている。

語句　『誰をかも』「か」は疑問、「も」は詠嘆を表す。『知る人にせむ』「知る人」は自分をよく知っている人で、親しい友人。『高砂の松』「高砂」は播磨国《はりま》（兵庫県）の地名。現在の高砂市にある高砂神社の「相生の松」を指し、長寿の象徴。『友ならなくに』友ではないのに。

人《ひと》はいさ　心《こころ》も知《し》らず　ふるさとは
花《はな》ぞ昔《むかし》の　香《か》ににほ《(お)》ひ《(い)》ける

紀貫之《きのつらゆき》
『古今集』所収

歌意

あなたは、さあどうでしょう。人の気持ちはわかりませんが、昔なじみの奈良では、梅の花が変わらぬ姿で咲き、よい香りを漂わせていますよ。

変わらぬ梅の花と移ろいやすい人の心

古都・奈良の長谷寺《はせでら》へ参詣するときにたびたび泊まっていた宿を久しぶりに訪れると、宿の主人が「あなたの泊まる宿は、昔と変わらずここにあるのに、あなたは心変わりしてしまったのでしょうか」と紀貫之の疎遠に皮肉を言いました。そこで、貫之は庭の梅の花を一枝折り、この歌を添えて贈ったといいます。

「人は」「ふるさとは」という対比を用いて、「梅の花は昔のままですが、あなたの気持ちのほうこそ変わってしまったのではないですか」と即興で応酬したのです。これに対し、宿の主人は「花だにも同じ香ながら咲くものを植ゑたる人の心知らなむ」（梅の花でさえ変わらぬ香りで咲くのだから、植えた人の心も察してください）と返歌を詠んでいます。

移ろいやすい人の心と、変わらない自然の景物を見事に対照させた一首です。

作者　868年頃〜945年。紀友則《きのとものり》㉝の従兄弟。醍醐《だいご》天皇、朱雀《すざく》天皇に仕えた。六歌仙の撰者であり、三十六歌仙の一人。『古今集』編纂の中心人物だった。日本初の仮名文日記である『土佐《とさ》日記』は、土佐守《とさのかみ》の任期を終えて帰京する旅路を記したもの。

語句　『人』ここでは宿の主人のこと。『いさ』下に打消しの語を伴い、「さあどうでしょうか」の意。『ふるさと』故郷に限らず、なじみの地を指す。ここでは奈良のこと。『花』「花」といえば平安朝では桜を指すことが多いが、ここでは梅のこと。『香ににほひける』よい香りを漂わせながら咲き誇っていることだ。

夏《なつ》の夜《よ》は　まだ宵《よひ(い)》ながら　明《あ》けぬるを　雲《くも》のいづ《(ず)》こに　月宿《つきやど》るらむ《(ん)》

清原深養父《きよはらのふかやぶ》
『古今集』所収

歌意
夏の短夜《みじかよ》は、まだ宵のうちだと思っているうちに明けてしまった。あの月は、いったい雲のどの辺りに宿をとっているのだろうか。

夏の短夜に雲に隠れる月を愛でる

秋の「夜長」に対し、夏の夜は「短夜」といいます。この歌では、まだ宵のうちだと思っていたら、いつの間にか夜明けになっていたという、短夜に対する驚きが詠まれています。月といえば秋ですが、清原深養父は夏の月にも情趣を感じ、眺めながら一夜を明かしたのでしょう。雲に隠れて見えなくなった月を擬人化し、「雲のどの辺りに宿をとったのか」と、ユーモアを交えながら月の行方に思いを馳せています。

深養父のひ孫・清少納言《せいしょうなごん》が書いた『枕草子《まくらのそうし》』には、「夏は夜、月のころはさらなり」とあります。おそらくこの歌にある夏の月への美意識が受け継がれているのでしょう。

作者 9世紀末~10世紀前半の人物。清原元輔《きよはらのもとすけ》㊷の祖父で、清少納言㊷の曾祖父にあたる。清原氏は歌人の家柄だった。琴の名手でもあり、藤原兼輔《ふじわらのかねすけ》㉗と紀貫之《きのつらゆき》㉟が彼の琴を聴いて詠んだ歌がある。

語句 『夏の夜は』「は」は、「ほかの季節とは異なり、とりわけ夏の夜は」ととりたてていう表現。『まだ宵ながら』「宵」は、夜になって間もない頃。『明けぬるを』「ぬる」は完了を表す。明けてしまったが。『月宿るらむ』「らむ」は推量を表す。月を擬人化した表現。

白露《しらつゆ》に　風《かぜ》の吹《ふ》きしく　秋《あき》の野《の》は　つらぬきとめぬ　玉《たま》ぞ散《ち》りける

文屋朝康《ふんやのあさやす》
『後撰集』所収

歌意　草の上で光る露に風がしきりに吹きつける秋の野は、まるで糸で貫きとめていない真珠がぱらぱらと散り乱れているようだなあ。

風に吹き散る白露の真珠のような美しさ

夜のうちに大気が冷え込み、朝になって草木の上に水の玉を結んだものを「露」といいます。その白く輝く様子を「白露」と美称し、玉＝真珠のようだと見立てています。そこに風が吹きつけ、白露が散らされる様子を、糸を通して結びとめられなかった真珠が、ばらばらになって飛び散るさまに重ね、美しくもはかない秋の光景を詠んだのです。

露を玉に見立てる発想は、平安時代の歌によく見られるありふれたものです。しかしこの歌は、秋の野に結んだ玉の「静」の光景ではなく、風にぱらぱらと吹き飛ばされる「動」の光景を捉えたところに作者独自の発想があり、新鮮味が感じられるため、秀歌とされました。

作者　9世紀後半〜10世紀初頭の人物。文屋康秀《ふんやのやすひで》㉒の子。『古今集』に一首、『後撰集』に二首とられているだけだが、多くの歌合《うたあわせ》に列席しており、歌人として評価されていた。

語句　『白露』草葉についた露が白く光るのを強調した表現。『風の吹きしく』「しく」は「頻く」と書き、「しきりに〜する」の意。『つらぬきとめぬ』糸を通して結びとめていない。『玉ぞ散りける』「玉」は宝石全般をいうが、ここでは真珠のこと。「ける」は詠嘆を表す。

忘《わす》らるる　身《み》をば思《おも》は《（わ）》ず　誓《ちか》ひ《（い）》てし
人《ひと》の命《いのち》の　惜《を（お）》しくもあるかな

右近《うこん》
『拾遺集』所収

歌意
あなたに忘れられる私のことは何とも思いません。ただ、永遠の愛を神に誓ったあなたが、罰を受けて命を落としてしまうのではないかと惜しまれるのです。

愛の誓いを破った男への未練

右近は恋多き女性であり、『百人一首』に登場する歌人たちをはじめ、数々の男性と逢瀬《おうせ》を重ねてきました。この歌を贈った相手は、権中納言敦忠《ごんちゅうなごんあつただ》（藤原敦忠）㊸だったと考えられています。

永遠の愛を神に誓った敦忠が、その誓いを破ったことに対し、「私自身が忘れられるのは構わないけれど、神罰が下ってあなたの命が失われることが心配」と、傷ついたわが身よりも、相手を案じているのです。これを健気な女心ととるか、相手への皮肉ととるか、解釈は分かれます。いずれにしても、相手への未練が生んだ歌といえるでしょう。残念ながら、敦忠からの返歌はありませんでした。

作者 10世紀前半の人物。右近少将藤原季縄《うこんのしょうしょうふじわらのすえなわ》の娘。醍醐《だいご》天皇の中宮穏子《おんし》に仕えた女房。藤原敦忠㊸、元良《もとよし》親王⑳、藤原朝忠《あさただ》㊹らとの恋愛遍歴が『大和物語《やまとものがたり》』に描かれている恋多き女性。

語句 『忘らるる』忘れられる。『身をば思はず』「身」は自分自身。『誓ひてし』永遠に心変わりはしないと神に誓った。次の「人」にかかる。『人の命の』「人」は相手の男性。「身」と対比させている。『惜しくもあるかな』（相手の命が）惜しまれることだよ。

浅茅生《あさぢ(じ)ふ(う)》の　小野《を(お)の》の篠原《しのはら》　しのぶれど
あまりてなどか　人《ひと》の恋《こひ(い)》しき

参議《さんぎ》等《ひとし》
『後撰集』所収

歌意

浅茅の生えている小野の篠原の「しの」のように忍んできましたが、もう思いを抑えきれません。どうしてこんなにもあなたが恋しいのでしょうか。

忍びきれない恋心があふれ出す

「浅茅生の小野の篠原」は、続く「しのぶ」を導くための序詞《じょことば》です。丈の低い茅《ちがや》が一面に広がり、身を隠しきれない野原の情景に、抑えきれなくなった恋心を重ねています。人目を忍ぶ恋を続けてきたけれど、恋しい思いがあふれ出てしまいそうだと詠っています。

この歌は、『古今集』の詠み人知らずの歌「浅茅生の小野の篠原しのぶとも人知るらめやいふ人なしに」（あの人は知っているだろうか。いや知らないだろう。告げてくれる人もいないのだから）を本歌取りしたものです。上三句はほぼ一致していますが、下二句での熱烈ともいえる感情表現が評価されたのでしょう。

作者 880～951年。源等《みなもとのひとし》。嵯《さ》峨《が》天皇のひ孫で、中納言源希《まれ》の子。地方官を歴任し、50歳を過ぎてから参議となる。歌は『後撰集』の四首しか残っておらず、歌人としての経歴は不詳。

語句 『浅茅生』「浅茅」は丈の低い茅（イネ科の多年草）のこと。「生」は生えているところ。『小野の篠原』「小」は接頭語。「野」は原っぱのこと。「篠原」は、細く丈の低い竹が生えている原。『あまりてなどか』「あまる」は、多すぎてあふれること。

恋
40

忍《しの》ぶれど 色《いろ》に出《い》でにけり わが恋《こひ(い)》は ものや思《おも(う)》ふと 人《ひと》の問《と(う)》ふまで

平兼盛《たいらのかねもり》
『拾遺集』所収

歌意
誰にも知られないように秘めていたのに、私の恋心は顔に出てしまっていたようだ。「恋のもの思いをしているのか」と周りの人に尋ねられるほどまでに。

秘めていても顔に出てしまう恋心

960年（天徳4年）、村上天皇主催の「天徳内裏歌合《てんとくだいりうたあわせ》」の席で詠まれた歌です。「歌合」とは、左右二組に分かれて、あらかじめ出された歌題に沿った歌を一首ずつ提出し、和歌の優劣を競う風雅な遊戯。

この歌は、歌合の最後の二十番で、壬生忠見《みぶのただみ》㊶の「恋すてふ」の歌と競い合った一首。題は「忍ぶ恋」でした。どちらも優れており、判者が勝敗をつけられなかったため、村上天皇の意向で平兼盛の勝ちとなりました。この二首は、『百人一首』の中で唯一、対で選ばれています。兼盛の歌は、隠しきれない恋心を倒置法で巧みに表現し、美しい調べに乗せています。

作者 生年不詳～990年。光孝天皇《こうこう》⑮のひ孫である篤行王《あつゆき》の子。臣籍に下り、平姓を賜ったが官位は低かった。三十六歌仙の一人で、『後撰集』時代を代表する歌人。

語句 『忍ぶれど』人に知られないように心に隠してきたが。『色に出でにけり』「色」は顔色や表情のこと。『ものや思ふと』「もの」は恋のもの思い。「や」は疑問を表す。『人の問ふまで』「人」は周囲の人。「まで」は程度を表す。周りの人が尋ねてくるほど。

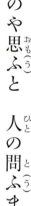

恋
41

恋《こひ（い）》すてふ《（ちょう）》　わが名《な》はまだき　立《た》ちにけり
人知《ひとし》れずこそ　思《おも》ひ《（い）》そめしか

壬生忠見《みぶのただみ》
『拾遺集』所収

歌意
恋しているという私の噂が早くも立ってしまった。誰にも知られないように、あの人をひっそりと思い始めたばかりなのに。

芽生えたばかりの忍ぶ恋

右ページで述べたとおり、「天徳内裏歌合《てんとくだいりうたあわせ》」で平兼盛《たいらのかねもり》㊵の「忍ぶれど」の歌と優劣を競い合った一首です。拮抗した勝負でしたが、壬生忠見は敗れてしまい、落胆のあまり不食の病にかかって亡くなったという言い伝えがあります。それほどまでに芸術に心血を注いだ風流人として、忠見は賞賛されましたが、実はこの逸話は作り話で、実際には歌合の後も活躍したといいます。

歌合では負けてしまいましたが、この歌のほうを高く評価する人も少なくありません。芽生えたばかりの恋心が露見してしまったとまどいを素直に表現し、倒置によって余韻を残しています。

作者 10世紀半ばの人物。『古今集』の撰者である壬生忠岑《みぶのただみね》㉚の子。親子で三十六歌仙に選ばれている。歌人としては名高かったが、官位は低かった。

語句 『恋すてふ』「てふ」は「という」のつづまった形。恋するという。『わが名はまだき』「名」は世間の評判や噂。「まだき」は、早くもの意。『立ちにけり』評判が立ってしまった。『人知れずこそ』「人」は他人。「こそ」は強調を表す。『思ひそめしか』「そめ」は「初め」。思い始めたばかりなのに。

契《ちぎ》りきな　かたみに袖《そで》を　しぼりつつ
末《すゑ(え)》の松山《まつやま》　波越《なみこ》さじとは

清原元輔《きよはらのもとすけ》
『後拾遺集』所収

歌意 固く約束しましたよね。互いに涙で濡れた袖をしぼって、末の松山を波が越すことがないように、二人の愛も変わらないということを。

心変わりした女への非難と未練

『後拾遺集《ごしゅうい》』の詞書《ことばがき》には、「心かはりてはべりける女に、人に代はりて」とあります。清原元輔が、心変わりした女性宛の歌を、失恋した男性に代わって詠んだのです。

「末の松山波越さじ」という表現は、『古今集』の「君をおきてあだし心をわが持たば末の松山波も越えなむ」（もし心変わりしたら、末の松山を波が越えるでしょう。そんなことはあり得ないけれど）という歌に基づいています。「末の松山」は宮城県多賀城《たがじょう》市にある小高い丘で、波が越えるとは考えられないため、男女の永遠の愛を示す歌枕とされました。「契りきな」という初句切れが、歌に緊張感をもたらし、相手への非難や未練の気持ちを強調しています。

作者 908～990年。清原深養父《きよはらのふかやぶ》㊱の孫で、清少納言《せいしょうなごん》(62)の父。『万葉集』に訓点をつけたり、『後撰集』を編纂する集団「梨壺《なしつぼ》の五人」の一人であり、三十六歌仙にも選ばれている。

語句 『契りきな』「契る」は約束する。「な」は詠嘆を表す。『かたみに』互いに。『袖をしぼりつつ』「つつ」は反復・継続を表す。涙で濡れた袖をしぼりながら。『末の松山』宮城県多賀城市の海岸近くにある小高い丘。『波越さじとは』波が越すことはない。倒置法を用いている。

恋
43

逢《あ》ひ《(い)》見《み》ての　のちの心《こころ》に　くらぶれば
昔《むかし》はものを　思《おも》は《(わ)》ざりけり

権中納言敦忠《ごんちゅうなごんあつただ》
『拾遺集』所収

歌意
あなたと契《ちぎ》りを結んだ後の、この恋しい気持ちに比べれば、逢う前の恋心など、なきに等しいものだったなあ。

逢瀬《おうせ》を遂げていっそう募る恋しさ

恋い焦がれた人とようやく逢って、初めて契りを結んでみると、一夜をともにする前よりも、いっそう苦しいもの思いに悩まされることになったというのです。いかにも恋多き貴公子といわれる藤原敦忠《ふじわらのあつただ》らしい、激しい恋心を率直に詠んだ歌です。

『拾遺集《しゅういしゅう》』の母体となった『拾遺抄《しゅういしょう》』の詞書《ことばがき》には、「はじめて女のもとにまかりて、またの朝《あした》につかはしける」とあります。これによれば、逢瀬を遂げた翌朝に、男性が女性のもとへ贈る「後朝《きぬぎぬ》の歌」だったと考えられます。しかし藤原定家《ふじわらのていか》は、一度逢った後に逢うことができなくて苦しむ「逢ひて逢はざる恋」と解釈したようです。

作者 906〜943年。藤原敦忠。左大臣時平《ときひら》の三男であり、母は在原業平《ありわらのなりひら》⑰の孫。恋多き貴公子で、右近《うこん》㊳との恋が『大和物語《やまとものがたり》』に描かれている。琵琶《びわ》の名手としても知られた。

語句 『逢ひ見ての』「逢ひ見る」は、男女が初めて一夜をともにすること。『のちの心』契りを交わした後で相手を思う気持ち。『昔』契りを結ぶ前。『ものを思はざりけり』「ものを思ふ」は、恋のもの思いをすること。昔はもの思いをしなかったも同然だ。

逢《あ》ふ(う)ことの　絶《た》えてしなくは　なかなかに　人《ひと》をも身《み》をも　恨《うら》みざらまし

中納言朝忠《ちゅうなごんあさただ》
『拾遺集』所収

歌意
もし逢うことがまったくなかったなら、あなたのつれなさも、私の辛さも恨んだりすることはないだろうに。

相手も自分も恨むほどの恋の苦しみ

「〜なくは〜まし」という反実仮想（事実に反したことを仮想すること）の構文を用いて、「もしも逢瀬《おうせ》など絶対にないのであれば、相手のつれなさも自分の辛さも恨むことはなく、気持ちが楽になるだろうに」と詠んでいます。実際には、一夜の逢瀬を期待し、思いどおりにならない恋に苦悩しているのです。

『拾遺集《しゅういしゅう》』の詞書《ことばがき》には、「天暦御時歌合に《てんりゃくのおほんときのうたあわせ》」とあります。つまり、平 兼盛《たいらのかねもり》㊵と壬生忠見《みぶのただみ》㊶が競い合った「天《てん》徳内裏《とくだいり》歌合」の席で詠まれた歌なのです。歌題は「恋」で、対戦相手は三十六歌仙の一人、藤原元真《ふじわらのもとざね》。朝忠の歌は、「詞清げなり」（言葉が美しい）と評されて勝ちました。

作者　910〜966年。藤原朝忠《ふじわらのあさただ》。三条右大臣定方《さだかた》㉕の五男。三十六歌仙の一人で、「天徳内裏歌合」で歌が詠まれている。管楽器・笙《しょう》の名手でもあった。

語句　『逢ふこと』男女が契りを交わすこと。『絶えてしなくは』「絶えて」は下に打消の語を伴って、「絶対に〜しない」の意。「〜なくは〜まし」で反実仮想の構文になる。『なかなかに』かえって。むしろ。『人をも身をも』「人」は相手。「身」は自分自身。『恨みざらまし』恨んだりすることはないだろうに。

恋
45

あは《(わ)》れとも　いふ《(う)》べき人《ひと》は　思《おも》ほ《(お)》えで
身《み》のいたづ《(ず)》らに　なりぬべきかな

謙徳公《けんとくこう》
『拾遺集』所収

歌意

私のことを「かわいそうに」と言ってくれそうな人も思い浮かばないまま、このままむなしく死んでしまいそうですよ。

死をほのめかして女の同情を誘う

『拾《しゅう》遺《い》集』の詞書《ことばがき》には、「もの言ひはべりける女の、後につれなくはべりて、さらに逢はずはべりければ」とあります。言い寄っていた相手の女性が、しばらくして冷たくなり、逢ってもくれなくなったので詠んだ歌です。

せめて「かわいそうに」と憐憫《れんびん》の情をかけてほしい、それもかなわないなら、恋い焦がれたまま、むなしく死んでしまうだろうと、わが身の孤独を訴えています。大げさにも聞こえますが、それほど思いが深かったのでしょう。同情を引き、相手の気持ちを呼び戻そうとする男性の切実な思いが率直に表現されています。『源氏物語』の「柏木《かしわぎ》」の帖は、この歌が投影されているといわれています。

作者 924～972年。藤原伊尹《ふじわらのこれまさ》。「謙徳公」は死後の諡《おくりな》。藤原義孝《よしたか》㊿の父で、藤原忠平《ただひら》㉖の孫。和歌所《わかどころ》の別当《べっとう》に任ぜられ、「梨壺《なしつぼ》の五人」事業を統括した。『後撰集』撰者の一人。

語句 『あはれとも』「あはれ」は感動詞。ここでは、かわいそうに、気の毒にの意。『いふべき人』言ってくれそうな人。『思ほえで』思い浮かばないので。『いたづらに』無駄に。ここでは死ぬこと。『なりぬべきかな』「ぬ」は強意、「べき」は推量、「かな」は詠嘆を表す。

恋 46

由良《ゆら》の門《と》を　わたる舟人《ふなびと》　かぢ《(じ)》を絶《た》え
行方《ゆくへ(え)》も知《し》らぬ　恋《こひ(い)》の道《みち》かな

曾禰好忠《そねのよしただ》
『新古今集』所収

歌意

由良の海峡を漕ぎ渡っていく舟人が、梶緒が切れて行く先もわからず漂うように、この先どうなるかわからない私の恋路だなあ。

ゆらゆらと漂う舟に恋路の不安を重ねる

潮の流れが激しい海峡で、舟を漕ぐ道具をつなぐための綱が切れてしまい、どうすることもできずに波に翻弄される舟人。その心細い姿に、行く末のわからない自分の恋を重ね、不安な気持ちを詠んでいます。

上三句は「行方も知らぬ」を導く序詞《じょことば》です。まず自然の景物を描き、その様子を受けて、自らの心情を表現しているのです。「由良」は、曾禰好忠が丹後国《たんご》（京都府北部）の役人だったことから、丹後の由良川河口とする説と、『万葉集』にも見られる紀伊国《きい》（和歌山県）の由良海峡とする説があります。歌枕「由良」に舟がゆらゆらと揺れる様子を響かせることで、美しい調べが生まれています。

❖作者❖　10世紀後半の人物。丹後国の下級役人だったことから、「曾丹《そたん》」「曾丹後《そたんご》」と呼ばれた。偏屈な性格で、斬新な歌は後世になって評価された。

❖語句❖　『由良』丹後国の由良川河口と、紀伊国の由良海峡の二つの説がある。『門』海峡のこと。『舟人』船頭。『かぢを絶え』「かぢを」は「梶緒」で、櫓《ろ》（舟を漕ぐ道具）と舟をつなぐ綱のこと。梶緒が切れて。ここまでが序詞。『恋の道かな』「道」は「門」「渡る」「舟人」「かぢ」「行方」の縁語。

秋
47

八《や》重《へ(え)》葎《むぐら》 しげれる宿《やど》の さびしきに
人《ひと》こそ見《み》えね 秋《あき》は来《き》にけり

恵慶法師《えぎょうほうし》
『拾遺集』所収

歌意

つる草が幾重《いくえ》にも生い茂っているこの寂しく荒廃した家に、訪ねてくる人はいないけれど、秋だけはやってきたのだなあ。

荒廃した邸《やしき》に訪れる秋の寂しさ

『拾《しゅう》遺《い》集』の詞書《ことばがき》に「河原院《かはらのゐん》にて」とあります。河原院は、六条の鴨川《かもがわ》沿いにあった源融《みなもとのとおる》（河原左大臣《かわらのさだいじん》）⑭の邸宅。陸奥《みちのく》の松島湾の名所、塩釜《しおがま》の景色を模して造られた豪奢な邸でしたが、百年を経たこの時代には、すっかり荒れ果て、恵慶法師の親友であり、融のひ孫にあたる安法《あんぽう》法師が住んでいました。風流人たちは、邸の荒廃にも美を見出し、ここで和歌を競い合ったようです。

上三句で「栄華を極めた河原院も今ではつる草に覆われ、廃れてしまった」と詠い、下二句で「人は訪れないけれど、秋だけは巡ってくる」と対比の構図を用いて、秋の寂しさを際立たせています。

❖作者❖10世紀後半の人物。播磨国《はりま》（兵庫県）の講師《こうじ》（国分寺の僧官）。平兼盛《たいらのかねもり》㊵、清原元輔《きよはらのもとすけ》㊷、源重之《みなもとのしげゆき》㊽、大中臣能宣《おおなかとみのよしのぶ》㊾ら一流歌人たちと交流があった。

❖語句❖『八重葎』「八重」は幾重にも。「葎」は、つる性の雑草の総称。『しげれる宿の』「宿」は宿泊所ではなく、家のこと。『さびしきに』「に」は場所を示す。『人こそ見えね』人の姿は見えないけれど。『秋は来にけり』「は」は、ほかと区別してとりたてていう表現。「けり」は感動を表す。

風《かぜ》をいたみ　岩《いは(わ)》うつ波《なみ》の　おのれのみ
くだけてものを　思《おも(う)》ふころかな

源《みなもとの》 重之《しげゆき》
『詞花集』所収

歌意

風が激しいので、岩に打ち当たって波だけが砕けるように、私だけが心を砕いて思い悩んでいるこの頃だなあ。

岩に砕け散る波に恋心を重ねる

波を自分に、岩を相手の女性にたとえて詠んだ情感激しい恋の歌です。「おのれのみくだけて」は、上の句と下の句の両方に掛かっており、波だけが岩に当たって砕けるのと同様に、岩のようにびくともしない相手のつれない態度に、自分だけが心を砕いて苦しんでいると嘆いているのです。勢いが激しいほど、無情にも砕け散る恋の悲哀が巧みに描かれています。

「くだけてものを思ふころかな」は、当時の常套《じょうとう》句であり、多くの和歌に見られるありふれた表現です。しかし、荒れ狂う海の激しい情景を詠み込んだ上二句が「おのれのみくだけて」を導く序詞《じょことば》として効果的に働き、劇的な名歌に仕上がっています。また、「いたみ」「波」「おのれのみ」という「み」の音の繰り返しが波のようなリズムを作り、美しい調べを生んでいます。

作者 生年不詳～1000年。清和《せいわ》天皇のひ孫で、源兼信《みなもとのかねのぶ》の息子。三十六歌仙の一人。地方官を歴任し、60歳前後に陸奥《むつ》国(東北地方東部)で没した。平兼盛《たいらのかねもり》(40)、曾禰好忠《そねのよしただ》(46)、藤原実方《ふじわらのさねかた》(51)らと親交があったといわれている。

語句 『風をいたみ』「～を～み」は「～が～なので」の意。「いたし」は程度がはなはだしい様子。『岩うつ波の』ここまでが序詞。激しい波が当たっても動じない岩に、相手の女性を重ねている。『おのれのみ』自分だけが。『くだけて』岩に当たって波が砕ける様子と、自分の恋心が砕ける様子の両方を表す。『ものを思ふころかな』「かな」は詠嘆を表す。

御垣守《みかきもり》 衛《ゑ(え)》士《じ》のたく火《ひ》の 夜《よる》はもえ 昼《ひる》は消《き》えつつ ものをこそ思《おも》へ《(え)》

大中臣能宣朝臣《おおなかとみのよしのぶあそん》
『詞花集』所収

歌意

宮中の諸門を守る衛士のたくかがり火が、夜は燃え、昼は消えているように、私も夜は恋の炎に身を焦がし、昼は消え入るようにもの思いに沈んでいます。

昼夜のかがり火のように浮き沈みする恋心

夜は勢いよく燃え上がり、昼になると消されてしまうかがり火。宮中警護にあたる衛士がたくかがり火に、恋するわが身を託して詠んだ歌です。「夜はもえ」「昼は消え」という対句を用いて、逢える夜も、逢えない昼も、浮き沈みを繰り返しながら一日中、相手を思い続ける情熱的な恋心を表現しています。

実はこの歌は、大中臣能宣の作ではないという説が有力です。『古今和歌六帖』に「君がもる衛士のたく火の昼はたえ夜は燃えつつ物をこそ思へ」という詠み人知らずの歌があり、これが伝承されるうちに能宣の作となって『詞花集《しか》』に収められたのでしょう。

作者 ９２１〜９９１年。伊勢大輔《いせのたいふ》61の祖父。代々、伊勢神宮の神官の家柄で、祭主を務めた。三十六歌仙に数えられ、「梨壺《なしつぼ》の五人」の一人として、『万葉集』の訓読や『後撰集《ごせん》』の編纂に携わった。

語句 『御垣守』宮中の諸門を警護する人。『衛士のたく火の』「衛士」は諸国から集められ、宮中の夜間警護をする兵士。ここまでが序詞《じょことば》。『夜はもえ昼は消えつつ』「夜はもえ」「昼は消え」が対句表現になっている。『ものをこそ思へ』「もの思ふ」は恋のもの思いをすること。

恋
50

君《きみ》がため　惜《を(お)》しからざりし　命《いのち》さへ(え)
長《なが》くもがなと　思《おも》ひ(い)けるかな

藤原義孝《ふじわらのよしたか》
『後拾遺集』所収

歌意
あなたに逢うためなら、捨てても惜しくないと思っていた命だけれど、逢瀬を遂げた今となっては、長生きしたいと思うようになったよ。

恋のために生きながらえたいと願う

『後拾遺集《ごしゅうい》』の詞書《ことばがき》に「女のもとより帰りてつかはしける」とあります。つまり、逢瀬《おうせ》の翌朝、男性が女性のもとへ贈った「後朝《きぬぎぬ》の歌」です。初めて契りを交わすまでは、逢瀬がかなうなら命を捨てる覚悟でいたのに、願いがかなった今となっては、あなたと一緒にいるために少しでも長生きしたいと思うようになったと、一途な思いを素直に詠んでいます。次第に欲深くなっていくのは、恋の真理といえるでしょう。

藤原義孝は、流行り病であった天然痘《てんねんとう》を患い、21歳の若さで亡くなったため、「長くもがな」と願ったこの歌は、ことさらに切実さを伴います。

作者 954～974年。藤原伊尹《これまさ》㊺の三男で、書道に優れた「三蹟《さんせき》」の一人である藤原行成《ゆきなり》の父。熱心な仏教徒だった。流行していた天然痘のため、21歳で夭折《ようせつ》した。

語句 『君がため』あなたに逢うためなら。『惜しからざりし』捨てても惜しくはなかった。『命さへ』「さへ」は、～までもの意。命までもが今となっては。『長くもがなと』「もがな」は願望を表す。長くあってほしいものだ。『思ひけるかな』「ける」は詠嘆を表す。

かくとだに　えやはいぶきの　さしも草《ぐさ》
さしも知《し》らじな　燃《も》ゆる思《おも（い）》ひを

藤原実方朝臣《ふじわらのさねかたあそん》
『後拾遺集』所収

歌意
こんなにもあなたを慕っているのに言えません。伊吹《いぶき》山のさしも草のように、燃えるような私の思いをあなたは知らないのでしょうね。

燃え上がる恋を技巧的に詠む

恋い慕う相手に、初めて思いを打ち明けたときの歌です。伊吹山は、美濃《みの》国（岐阜県）と近江《おうみ》国（滋賀県）の国境にある山で、お灸の原料である「さしも草」（よもぎ）の名産地でした。燃え上がる秘めた思いをお灸になぞらえて、情熱的に詠んだのです。

修辞上の技巧が駆使された歌で、「伊吹」と「言ふ」、「思ひ」と「ひ（火）」が掛詞《かけことば》になっています。また、「いぶきのさしも草」は、同音の「さしも」を導く序詞《じょことば》であり、「さしも草」「燃ゆる」「火」は縁語です。これらすべてが、恋心に結びついていく見事な構成で、歌のイメージを豊かに広げています。

作者 生年不詳～998年。藤原忠平《ただひら》㉖のひ孫。清少納言《せいしょうなごん》(62)の恋人だったともいわれる。陸奥《むつ》国（東北地方東部）に左遷され、任地で没した。

語句 『かくとだに』「かく」は、このように。「だに」は、せめて～だけでも。『えやはいぶきの』「えやは」は反語で、不可能を表す。「言ふ」と「いぶき」の掛詞。『さしも草』よもぎ。「いぶきのさしも草」は続く「さしも」を導く序詞。『さしも知らじな』「さしも」は、そうとも。『燃ゆる思ひを』倒置法になっている。

恋
52

明《あ》けぬれば　暮《く》るるものとは　知《し》りながら　なほ(お)恨《うら》めしき　朝《あさ》ぼらけかな

藤原道信朝臣《ふじわらのみちのぶあそん》
『後拾遺集』所収

歌意 夜が明けてしまうと、また日が暮れて、すぐにあなたに逢えることはわかっているのですが、それでもやはり夜明けの別れは恨めしいものですよ。

すぐに逢えるとしても名残惜しい夜明け

『後拾遺集《ごしゅうい》』の詞書《ことばがき》には、「女のもとより雪降りはべる日帰りてつかはしける」とあります。雪の降る朝、相手の女性と別れて帰った後に贈った「後朝《きぬぎぬ》の歌」です。

夜が明ければ、必ずまた日が暮れ、相手に逢える夜がやってきます。理屈ではわかっているものの、そんな束《つか》の間の別れさえ耐えられずに、夜明けを恨めしく思う感情があふれ出てしまうのです。『後拾遺集』には、この歌の前に「帰るさの道やは変る変らねど解くるにまどふ今朝の淡雪」（帰り道は変わっていないけれど、昨夜打ち解けたあなたを思うと、今朝の淡雪の雪解けに思い迷う）という道信の歌が並んでおり、連作と考えられています。

作者 972～994年。太政大臣藤原為光《ためみつ》の子で、母は藤原伊尹《これまさ》㊺の娘。父を亡くし、藤原兼家《かねいえ》の養子となった。歌才に恵まれるも、23歳で夭折《ようせつ》した。

語句 『明けぬれば』夜が明けてしまうと。『暮るるものとは』日が暮れて、またすぐにあなたに逢えるとは。『知りながら』「ながら」は逆接を示す。知ってはいるが。『なほ』そうは言ってもやはり。『朝ぼらけ』夜が明けてきて、ほのぼのと明るくなる時間帯。男性が女性の家から去る時分。

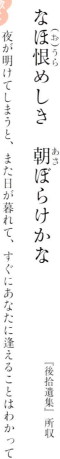

嘆《なげ》きつつ　ひとり寝《ぬ》る夜《よ》の　明《あ》くる間《ま》は
いかに久《ひさ》しき　ものとかは知《し》る

右大将道綱母《うだいしょうみちつなのはは》
『拾遺集』所収

歌意　あなたが来ないことを嘆き続けて、一人で寝る夜の明けるまでの時間がどれほど長いことか、あなたはご存じでしょうか。いいえ、ご存じないでしょうね。

夫を待ちわびる一人寝の夜の長さ

平安時代においては、男性が女性のもとを訪ねる「通い婚」が主流でした。そのうえ、一夫多妻制であったため、結婚しても毎晩、夫に逢えるわけではなかったのです。この歌には、夫が通ってくるのを待つしかない女性の悲哀が詠まれています。

夫・藤原兼家《ふじわらのかねいえ》に新しい愛人ができたことを知った右大将道綱母は、久方ぶりに訪ねてきた夫を拒み、門を開けませんでした。すると、「待ちくたびれた」と言って、夫は愛人のもとへ帰って行ったのです。そこで翌朝、この歌を枯れかけた菊に添えて、夫に贈ったといいます。愛人の存在が、夫への恨みをいっそう深くしていたのでしょう。

作者　937年頃〜995年。藤原倫《ふじわらのとも》寧《やす》の娘。藤原兼家の第二夫人となり、道綱を産む。結婚生活などをつづった『蜻《かげ》蛉《ろう》日記』の作者。本朝三美人の一人に数えられる美貌の持ち主。

語句　『嘆きつつ』「つつ」は反復を表す。嘆き続けながら。『ひとり寝る夜』夫が訪れず、一人寂しく寝る夜。『明くる間は』夜が明けるまでの間は。『いかに久しき』どんなに長い間か。『ものとかは知る』「かは」は反語を表す。ご存じですか、いや、ご存じないでしょう。

恋
54

忘《わす》れじの　行末《ゆくすゑ(え)》までは　かたければ
今日《けふ(きょう)》を限《かぎ》りの　命《いのち》ともがな

儀同三司母《ぎどうさんしのはは》
『新古今集』所収

歌意
「いつまでも忘れないよ」とあなたはおっしゃるけれど、その気持ちが将来まで続くことは難しいでしょうから、いっそ、今日限りで死んでもいいわ。

幸せの絶頂で死にたいと願う女心

『新古今集』の詞書《ことばがき》には、「中関白《なかのくわんぱく》通ひそめはべりけるころ」とあります。当時、関白という重職にあった藤原道《ふじわらのみち》隆《たか》が、後に正妻となる儀同三司母のもとへ通い始めた頃に詠まれた歌です。

一夫多妻制で、通い婚が主流だった当時、正妻といえども、夫を独占することは困難でした。幸せの絶頂にある幸福感を詠みながらも、「このまま死んでもいい」という激しい表現で、この先、自分への愛情が失われていくかもしれない不安をほのめかしています。こうした恋の悩みは、この時代の女性たちに共通するもので、和泉式部《いずみしきぶ》56や赤染衛門《あかぞめえもん》59も同様の思いを歌にしています。

作者 生年不詳～996年。高階成忠《たかしなのなりただ》の娘で、名は貴子《きし》。藤原道隆の妻となり、伊周《これちか》、隆家《たかいえ》、定子《ていし》らを産む。定子は一条天皇の中宮となり、一家は栄華を極めたが、道隆の死後、没落した。

語句 『忘れじの』いつまでも忘れないという。『行末までは』将来のことまでは。『かたければ』「難ければ」と書き、困難なのでの意。『今日を限りの命』今日を最後にして死んでいく命。『ともがな』「もがな」は願望を表す。(命で)あってほしい。

雑
55

滝《たき》の音《おと》は　絶《た》えて久《ひさ》しく　なりぬれど
名《な》こそ流《なが》れて　なほ（お）聞《き》こえけれ

大納言公任《だいなごんきんとう》
『千載集』所収

歌意　滝の水音が聞こえなくなってから、ずいぶん長い年月が経つけれど、その名声だけは流れ伝わって、今でもやはり聞こえてくるよ。

滝の音は途絶えても名声はとどろく

藤原道長《ふじわらのみちなが》の供として、京都嵯峨《さが》にある大覚寺《だいかくじ》に紅葉を見に訪れたときに詠まれた歌です。大覚寺には、かつて嵯峨天皇の離宮があり、庭の滝を眺めるための滝殿《たきどの》まで造られました。しかし、二百年ほど経ったこの時代には、滝は涸れ果て、さびれていたのです。在りし日の栄華を思い、時の流れを嘆きつつも、「滝の音」は「名声」に変わって語り継がれていると称えています。

「滝」の縁語として、「音」「絶え」「流れ」「聞こえ」が配されています。また、「滝」「絶えて」の「た」音、「名こそ」「流れて」「なほ」の「な」音の連なりが、滝が流れるようになめらかなリズムを生み、美しい調べを響かせています。

作者　966～1041年。藤原公任。藤原定頼《さだより》64の父。和歌、漢詩、管弦に優れ、「三船《さんせん》の才」と称された。『金玉集《きんぎょくしゅう》』『三十六人撰』『和漢朗詠集《わかんろうえいしゅう》』など編著書が多数ある。

語句　『滝の音は』滝が流れ落ちる音は。『絶えて』途絶えて。『久しくなりぬれど』長い時間が経ってしまったけれど。『名こそ流れて』「名」は名声、評判のこと。「流れ」は「滝」の縁語。『なほ聞こえけれ』「なほ」は、それでもやはり。「聞こえ」は「音」の縁語。

恋
56

あらざらむ(ん)　この世《よ》のほかの　思《おも》ひ(い)出《で》に　今《いま》ひとたびの　逢《あ》ふ(う)こともがな

和泉式部《いずみしきぶ》
『後拾遺集』所収

歌意 私は間もなく死んでしまうでしょう。あの世への思い出として、せめてもう一度、あなたにお逢いしたいのです。

死に直面して願う恋しい人との再会

和泉式部は、数々の浮名を流した、恋多き女性でした。この歌は、重い病気を患い、床に伏していたときに、ある男性へ贈ったものといわれています。相手が誰だったかは定かではありませんが、死を予感した和泉式部の「せめてもう一度、愛する人に逢いたい」という切実な願いが詠まれています。

この歌には、特別な技巧は使われていません。しかし、「あらざらむこの世のほか」（自分が生きてはいないだろう、この世ではないところ）といった独特の表現を用いながら、感情をストレートに描いたところに、恋に生きた女性ならではの魅力が感じられます。

作者 978年頃～没年不詳。大江雅《おおえのまさ》致《むね》の娘。和泉守・橘道貞《たちばなのみちさだ》の妻となり、小式部《こしきぶ》⑥⓪を産む。一条天皇の中宮彰子《しょうし》に仕えた。恋多き女性で、『和泉式部日記』には、道貞との離婚後の敦道《あつみち》親王との恋愛が描かれている。

語句 『あらざらむ』生きてはいないだろう。『この世のほかの』「この世」は現世。「この世のほか」は、あの世、死後の世界のこと。『今ひとたび』もう一度。『逢ふこともがな』「逢ふ」は逢瀬。「もがな」は願望を表す。

雑
57

めぐり逢《あ》ひ《（い）》て　見《み》しやそれとも　わかぬ間《ま》に
雲《くも》がくれにし　夜半《よは（わ）》の月《つき》かな

紫《むらさき》式部《しきぶ》
『新古今集』所収

歌意
久しぶりに逢ったのに、今見たのはその人かどうかも見分けがつかないうちに、雲に隠れる夜半の月のように、あの人は帰ってしまったのですね。

女友達との束《つか》の間の再会を月にたとえる

恋の歌にも見えますが、『新古今集』の詞書《ことばがき》によると、「はやくよりわらはともだちに侍《はべ》りける人」とあり、「めぐり逢ひて」の相手が幼なじみの女友達だったことがわかります。久しぶりに再会できたのも束の間、ゆっくり語り合う暇もなく帰って行った友達を、雲間に隠れて見えなくなる月に重ねて、別れを心から惜しんでいます。

紫式部は、古典文学を代表する長編物語『源氏物語』の作者です。藤原定家《ふじわらのていか》がこの歌を『百人一首』に選んだのは、四句目の「雲がくれ」が、『源氏物語』の「雲隠巻《くもがくれのまき》」（光源氏の死を象徴する巻）を連想させるからではないかともいわれています。

作者　970年頃～1019年頃。藤原為時《ためとき》の娘。藤原宣孝《のぶたか》の妻となり、大弐《だいにの》三位《さんみ》(58)を産む。夫の死後、一条天皇の中宮彰子《しょうし》に仕えた。当代随一の女流文学者で、『源氏物語』『紫式部日記』の作者。

語句　『めぐり逢ひて』「めぐる」と「月」は縁語。『見しやそれとも』見たのがそれであるかどうかも。「それ」は、月と友達の両方を指す。『わかぬ間に』見分けがつかないうちに。『夜半の月かな』「夜半」は夜中。「月かな」は、『紫式部集』『新古今集』などでは「月影《つきかげ》」となっている。

恋
58

有馬山《ありまやま》　猪名《ゐ(い)な》の笹原《ささはら》　風吹《かぜふ》けば
いでそよ人《ひと》を　忘《わす》れやはする

大弐三位《だいにのさんみ》
『後拾遺集』所収

歌意

有馬山から猪名の笹原に風が吹くと、笹の葉がそよそよと音を立てます。そう、そのように、どうして私があなたのことを忘れるでしょうか。

身勝手な男を爽やかに批判する

しばらく通ってきてくれず、疎遠になっていた恋人が、自分のことは棚に上げて「あなたが心変わりしたのではないかと心配です」などと言ってきたので、返した歌です。「心変わりしたのは、あなたのほうでしょう。私の心は変わっていません」と皮肉まじりに詠んでいます。

上三句は序詞《じょことば》として、「そよ」を導き出しています。「そよ」は、風に揺れる笹原の「そよそよ」という擬音と、男性が言ってきたことに対する「そよ」（そのことですよ）の掛《かけ》詞《ことば》。爽やかな情景と美しい調べが、下二句に表現された強い反発をやわらげ、気品のある女性らしい一首に仕上がっています。

作者　999年頃～没年不詳。藤原賢《ふじわらのかたい》子《こ》。紫式部㊼の娘。母とともに一条天皇の中宮彰子《しょうし》に仕えた。後に後冷泉《ごれいぜい》天皇の乳母《めのと》となり、その後、従三位《じゅさんみ》となった。

語句　『有馬山』摂津《せっつ》国（兵庫県）有馬郡にある山。『猪名の笹原』摂津国の猪名川に沿った平地。『風吹けば』ここまでが「そよ」を導く序詞。『いでそよ人を』「いで」は、そう、さあ、いや、などの勧誘・決意を表す。「そよ」は、「それよ」のつづまった形で、笹の葉音との掛詞。『忘れやはする』「やは」は反語を表す。

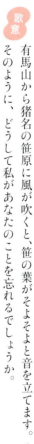

やすらは（わ）で　寝《ね》なましものを　小夜《さよ》更《ふ》けて
かたぶくまでの　月《つき》を見《み》しかな

赤染衛門《あかぞめえもん》
『後拾遺集』所収

歌意
あなたが来ないとわかっていたなら、ためらわずに寝たでしょうに。待っているうちに、とうとう夜が更けて、月が西に傾くまで見ていましたよ。

夜通し待ちわびた女の嘆きを代筆

後に関白《かんぱく》の地位に就く藤原道隆《ふじわらのみちたか》（儀同三司母《ぎどうさんしのはは》54の夫）は、若かりし頃、赤染衛門の姉妹のもとへ通っていました。訪ねてくると約束した夜、道隆はとうとうやって来なかったため、翌朝、赤染衛門が姉妹に代わって気持ちを詠んだのです。

男の言葉を信じて、今か今かと寝ないで待っていたのに、無情にも月は西へ傾いていきます。いっそ、寝てしまえばよかったと落胆する女のため息が、今にも聞こえてきそうです。期待を裏切った相手を強く責める気持ちより、あきらめにも近い、女の嘆きや悲哀が色濃く表れた歌といえるでしょう。

作者 958年頃～没年不詳。赤染時《あかぞめのとき》用《もち》の娘だが、母の前夫・平兼盛《たいらのかねもり》40の子ともいわれる。文章博士《もんじょうはかせ》大江匡衡《おおえのまさひら》の妻。一条天皇の中宮彰子《しょうし》に仕える。『栄花《えいが》物語』正編の作者とも考えられている。

語句 『やすらはで』ためらわないで。『寝なましものを』「まし」は反実仮想を表す。寝てしまっただろうに。『小夜更けて』「小」は接頭語。夜は更けて。『かたぶくまでの』月が西の空に傾くまでの。『月を見しかな』「し」は過去、「かな」は詠嘆を表す。

雑 60

大《おほ(お)》江山《えやま》　いく野《の》の道《みち》の　遠《とほ(お)》ければ
まだふみも見《み》ず　天《あま》の橋立《はしだて》

小式部内侍《こしきぶのないし》
『金葉集』所収

歌意
大江山を越え、生野《いくの》を通って行く丹後《たんご》までの道のりは遠いので、まだ天の橋立の地を踏んだこともありませんし、母からの手紙も見ていません。

嫌味をはねのける当意即妙の切り返し

母・和泉式部《いずみしきぶ》(56)から受け継いだ歌才を、若い頃から発揮していた小式部内侍は、歌合《うたあわせ》に呼ばれることになりました。そこへ藤原定頼《ふじわらのさだより》(64)がやってきて、「丹後にいる母上に人をやって、代作を頼みましたか。手紙を持った使者はまだ帰ってきませんか」と、からかってきたため、即興でこの歌を詠んだのです。

当時、小式部内侍の歌が優れているのは、和泉式部が代作しているからだという噂がありました。それを「行く」と「生野」、「踏み」と「文《ふみ》」の掛詞《かけことば》を効果的に用いた秀歌で切り返し、自らの歌才を証明することに成功したのです。定頼は、返歌もできずに退散しました。

❖作者❖　1000年頃～1025年。橘道貞《たちばなのみちさだ》と和泉式部(56)の娘。母とともに一条天皇の中宮彰子《しょうし》に仕えた。藤原公成《きみなり》の子を産んだ後、若くして死去する。

❖語句❖　『大江山』丹波《たんば》国桑田郡（京都市右京区）にある山。「大枝山」とも書く。『いく野』丹波国天田郡（京都府福知山市）の地名。「生野」と「行く」の掛詞。『まだふみも見ず』「ふみ」は、「踏み」と「文（手紙）」の掛詞。「踏み」は「橋」の縁語。『天の橋立』丹後国与謝郡（京都府宮津市）にある日本三景の一つ。

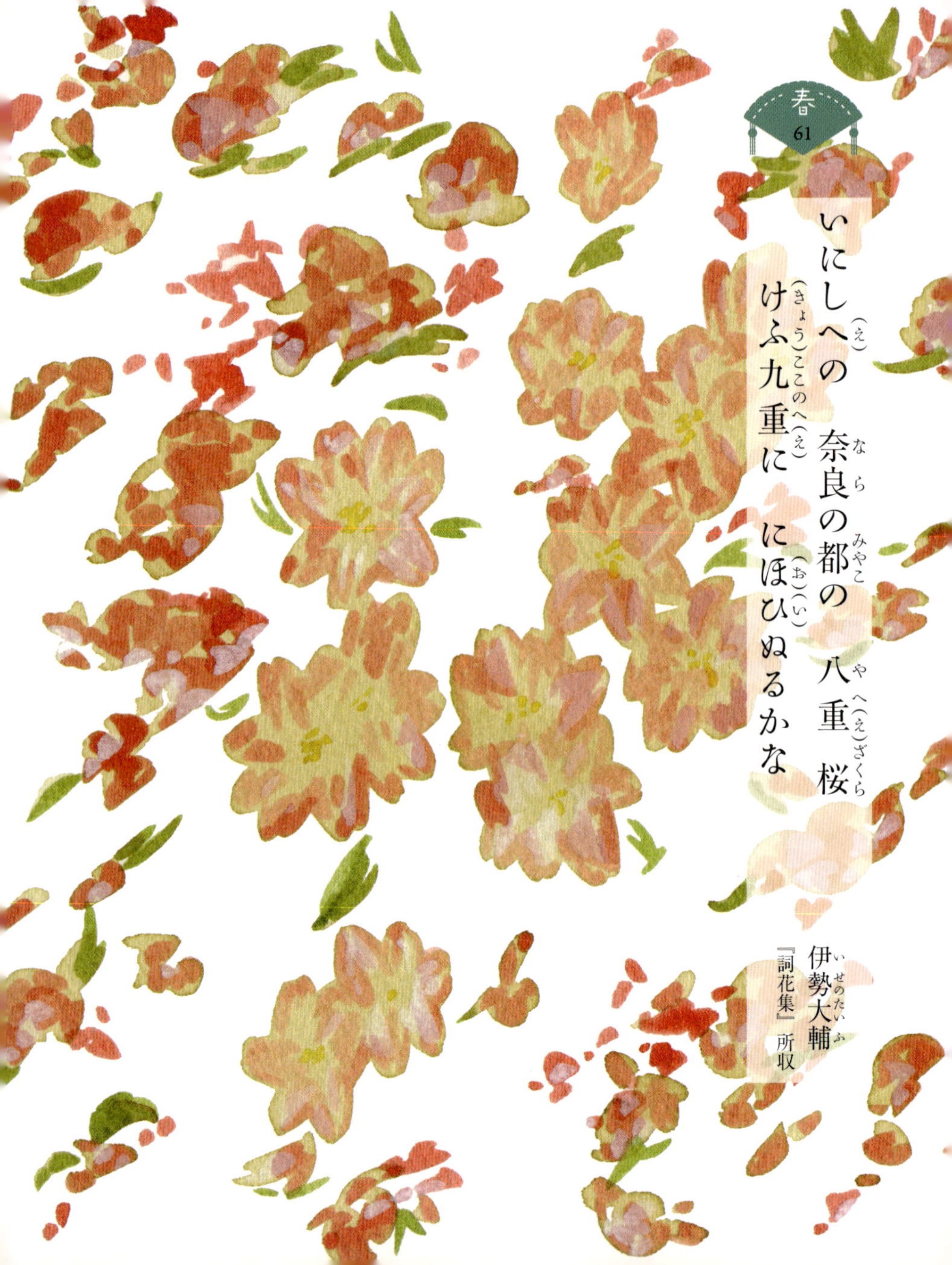

いにしへ《(え)》の　奈良《なら》の都《みやこ》の　八重《やへ(え)》桜《ざくら》
けふ《(きょう)》九重《ここのへ(え)》に　にほ《(お)》ひ《(い)》ぬるかな

伊勢大輔《いせのたいふ》
『詞花集』所収

歌意

その昔に栄えた奈良の都の八重桜が、今日は九重の宮中で、ひときわ美しく咲き誇っているよ。

古都の桜の美しさに当代の繁栄を託す

奈良の興福寺《こうふくじ》（藤原氏の氏寺）から献上された八重桜を受け取る大役を任された伊勢大輔が、即興で詠んだ歌です。

当時、一条天皇の中宮 彰子《しょうし》に仕えはじめたばかりの新参女房だった伊勢大輔に、先輩格の女房である 紫 式部《むらさきしきぶ》57が役を譲ったのです。代々歌人の系譜を受け継ぐ彼女が、どんな歌を披露してみせるのか、同席者たちは興味津々で見守りました。そんな重圧の中、堂々と詠み上げられたのがこの歌でした。

「いにしへ」と「けふ」、「八重」と「九重（宮中のこと。中国の王城の門が九重だったことに由来）」を対比させながら古都（平城京）の桜が美しく咲き誇るさまを詠み、さらには一条天皇の御代の繁栄を称えました。また、「の」の音の連続が流麗な調べを生み、見事な歌に仕上がっています。同席者たちは、感嘆の声を上げたといいます。

作者 11世紀前半の人物。大中臣能宣《おおなかとみのよしのぶ》49の孫で、大中臣輔親《すけちか》の娘。代々、伊勢神宮の神官の家柄で、父が祭主を務めていたことから「伊勢大輔」と呼ばれた。一条天皇の中宮彰子に仕えた。

語句 『いにしへの奈良の都』かつて栄えた古都・奈良。元明《げんめい》天皇から光仁《こうにん》天皇まで七代にわたって都がおかれた。『八重桜』桜の品種の一つで、花が大きく、花びらが幾重《いくえ》にも重なっている。京都では珍しい品種だった。『けふ九重ににほひぬるかな』「けふ」は今日。「九重」は宮中のことで、「八重」と対句になっている。「にほふ」は嗅覚ではなく、ここでは視覚的な美しさをいう。

雑 62

夜《よ》をこめて　鳥《とり》のそら音《ね》は　はかるとも
よに逢《あふ(おう)》坂《さか》の　関《せき》はゆるさじ

清少納言《せいしょうなごん》
『後拾遺集』所収

歌意

夜の明けないうちに、鶏の鳴きまねをしてだまそうとしても、函谷関《かんこくかん》ならともかく、逢坂の関はだませません。私は決して逢いませんよ。

機知と教養に裏打ちされた返歌

清少納言と藤原行成《ふじわらのゆきなり》という、当代随一の才人二人によるやりとりから生まれた歌です。

ある夜、二人は遅くまで話し込んでいました。すると、宮中の物忌《ものい》みがあるからと行成は夜中に帰っていき、翌朝になって「鶏の鳴き声に帰りを促されて帰りましたが、名残惜しい」と手紙を寄こしたのです。清少納言はすかさず、中国の故事を踏まえて、「夜更けに鳴く鶏とは、函谷関の偽の鶏のことですか」と返事をしました。行成は負けじと「あなたに逢いたいという逢坂の関のことです」と返してきたため、この歌を贈ったのです。『枕草子』の作者ならではの、機知と教養に富んだユーモアあふれる一首です。

❖作者❖ 966年頃〜1027年頃。清《きよ》原元輔《はらのもとすけ》㊷の娘で、清原深養父《ふかやぶ》㊱のひ孫。一条天皇の中宮定子《ていし》に仕えた。宮中での生活をつづった随筆『枕草子《まくらのそうし》』の作者。

❖語句❖ 『夜をこめて』夜がまだ明けないうちに。『鳥のそら音』鶏の鳴きまね。中国の故事を踏まえた表現。敵に捕らわれた孟嘗君《もうしょうくん》が家来に鶏の鳴きまねをさせて朝一番に開く函谷関を夜中に開けさせ、秦から脱出したという故事。『はかるとも』「はかる」は、だます。『よに』決して。『逢坂の関』「逢ふ」の掛詞《かけことば》。

恋 63

今《いま》はただ　思《おも》ひ《(い)》絶《た》えなむ《(ん)》　とばかりを
人《ひと》づてならで　いふ《(う)》よしもがな

左京大夫道雅《さきょうのだいぶみちまさ》

『後拾遺集』所収

歌意　今となってはもう、ただあなたのことをあきらめてしまおうということだけを、せめて人づてではなく、直接お逢いして伝える方法があればいいのに。

引き裂かれた恋

作者の藤原道雅と、三条院㊳の第一皇女である当子《とうし》内親王の悲恋を詠んだ歌です。10歳で伊勢神宮に仕える斎宮となり、15歳で宮中に戻ってきた内親王は、三条院にたいそうかわいがられていました。そんな内親王と道雅の密通を知った三条院は激怒し、二人の仲を引き裂くべく、監視の女房をつけたのです。こうして二人は二度と逢えなくなってしまいました。

「もう逢えないのなら、思いは断ち切ります。でも、せめて別れの言葉だけは逢って伝えたい」という切迫した思いが詠まれています。その後、内親王は尼になり、道雅は不遇のまま生涯を過ごしました。

作者　993～1054年。藤原道雅《ふじわらのみちまさ》。関白《かんぱく》藤原道隆《みちたか》の孫。父・藤原伊周《これちか》の失脚後、出世の道は途絶え、さらに当子内親王との密通が三条院の怒りに触れ、生涯を不遇のまま終える。

語句　『今はただ』今となってはもう。『思ひ絶えなむ』思いを断念しよう。あきらめよう。『とばかりを』～ということだけを。『人づてならで』「人づて」は人を介して伝えること。『いふよしもがな』「よし」は方法、手段。「もがな」は願望を表す。言う方法があればいいのに。

朝《あさ》ぼらけ　宇治《うぢ(じ)》の川霧《かは(わ)ぎり》　たえだえに
あらは《(わ)》れ渡《わた》る　瀬々《せぜ》の網代木《あじろぎ》

権中納言定頼《ごんちゅうなごんさだより》
『千載集』所収

歌意

夜がほのぼのと明ける頃、宇治川の川面に立ちこめていた朝霧が途切れ途切れになって、その絶え間にあちらこちらから現れる川瀬の網代木よ。

冬の朝の宇治川に広がる幻想的な光景

『千載集《せんざい》』の詞書《ことばがき》には、「宇治にまかりてはべりける時詠める」とあります。藤原《ふじわらの》定頼が宇治を訪れた際に、宇治川の明け方の景色を詠んだ歌です。空が白んでくるにつれ、川面を覆うほどに立ちこめていた朝霧は次第に薄れていき、川瀬に仕掛けられた網代木が点々と見えてきたというのです。体言止めの手法で、冬の風物詩である網代木に焦点をしぼり、印象的に詠み上げています。

京都の南に位置する宇治は、平安時代の貴族たちの別荘地でした。『源氏物語』の「宇治十帖《じゅうじょう》」の舞台になったことで、宇治川の網代木は、物語の世界観を内包する歌語として高く評価されるようになりました。

作者 995～1045年。藤原定頼。大納言公任《だいなごんきんとう》（藤原公任）55の子。小式部内侍《こしきぶのないし》60をからかい、やり込められた逸話で知られる。

語句 『朝ぼらけ』夜が明けてきて、ほのぼのと明るくなる時間帯。『宇治の川霧』宇治川の川面に立ちこめた朝霧。『たえだえに』途切れ途切れに。『あらはれ渡る』「渡る」は、広い範囲に及ぶことを意味する。『瀬々の』「瀬」は川の浅いところ。『網代木』氷魚《ひお》（鮎の稚魚）を捕るための仕掛け「網代」を固定する杭。

恨《うら》みわび　ほさぬ袖《そで》だに　あるものを
恋《こひ(い)》に朽《く》ちなむ《(ん)》　名《な》こそ惜《を(お)》しけれ

相模《さがみ》
『後拾遺集』所収

歌意 あなたのことを恨む気力もなくなって、涙を乾かす暇もない袖さえ惜しいのに、恋の浮き名で私の評判まで落ちてしまうことが惜しくてなりません。

恋に涙し、世間の評判に苦悩する

後冷泉《ごれいぜい》天皇が主催した「永承《えいしょう》六年内裏歌合《だいりうたあわせ》」において「恋」の題で詠まれた歌であり、対する右近少将《うこんのしょうしょう》源経《みなもとのつね》俊《とし》に勝利しました。「涙で濡れた袖さえ朽ちてしまいそうなのに、ましてや、私の評判まで……」と、報われない恋に苦悩し、よからぬ噂によって自分の評判が落ちてしまうことを嘆いていています。

この歌は、50代半ばでの作です。歌合のために作られたものであり、実際の恋を描いたわけではありませんが、なまめかしい響きが感じられます。数々の恋愛遍歴を重ねてきた相模だからこそ詠むことができた、実感のこもった一首といえるでしょう。

作者 11世紀半ばの人物。相模守《さがみのかみ》・大《おお》江公資《えのきんより》の妻。離婚後、一条天皇の皇女・脩子《しゅうし》内親王に仕えた。恋多き女性で、藤《ふじ》原定頼《わらのさだより》(64)の恋人でもあった。

語句 『恨みわび』「わぶ」は気力を失うこと。恨む気力もなくなって。『ほさぬ袖だに』「ほさぬ袖」は、涙を乾かす暇のない袖。「だに」は、～さえ。『あるものを』「ものを」は逆接を表す。『恋に朽ちなむ』恋によって流す浮き名で朽ちてしまうだろう。『名こそ惜しけれ』「名」は評判。「こそ」は強調を表す。

もろともに　あはれ(わ)と思《おも》へ(え)　山桜《やまざくら》
花《はな》よりほかに　知《し》る人《ひと》もなし

大僧正行尊《だいそうじょうぎょうそん》
『金葉集』所収

歌意　私がお前をしみじみと懐かしく思うように、お前も私を懐かしく思っておくれ、山桜よ。この山奥では、お前のほかに、私の心を知る人はいないのだから。

修行に耐える孤独なわが身を山桜に重ねる

『金葉集《きんようしゅう》』の詞書《ことばがき》には、「大峰《おおみね》にて思ひがけず桜の花を見て詠める」とあります。修験者《しゅげんじゃ》として修行に励んでいた作者が、大和《やまと》国（奈良）吉野郡にある大峰山で詠んだ歌です。人気《ひとけ》のない山奥で、思いがけず山桜に出逢った感動を心のままに詠み上げています。

10歳で父を亡くし、12歳で出家した大僧正行尊は、17歳で修験道《しゅげんどう》（山岳信仰に基づく仏教の一派）を志して、諸国の霊場を巡りました。下界との関わりを断ち、己と向き合い続ける修行は、さぞかし厳しいものだったでしょう。そんな折に見かけた美しい山桜に、孤独なわが身を重ね、共感を呼びかけたのです。

作者　1055～1135年。三条天皇(68)のひ孫で、参議《さんぎ》源基平《みなもとのもとひら》の子。12歳で出家して天台宗の三井寺《みいでら》に入り、後に修験者として修行。鳥羽《とば》天皇や崇徳《すとく》天皇(77)のために祈祷する護持僧《ごじそう》を務めた。

語句　『もろともに』一緒に。ともどもに。『あはれと思へ』「あはれ」は、喜怒哀楽のさまざまな感動や詠嘆を表す。ここでは、しみじみとした懐かしさのこと。『山桜』山桜を擬人化し、「山桜よ」と呼びかけている。『知る人もなし』「知る人」は、心の通い合える人。

雑
67

春《はる》の夜《よ》の　夢《ゆめ》ばかりなる　手枕《たまくら》に
かひ（い）なく立《た》たむ（ん）　名《な》こそ惜《を（お）》しけれ

周防内侍《すおうのないし》
『千載集』所収

歌意

短い春の夜の夢のような、はかないたわむれの手枕のために、つまらない噂が立ったとしたら、なんとも惜しまれることです。

春の夜、男の誘いを当意即妙にかわす

陰暦二月の春の夜、二条院で女房たちが夜通し語り合っていたとき、周防内侍がものに寄りかかりながら、「枕があればいいのに」とつぶやきました。すると、それを聞いた大納言《だいなごん》藤原忠家《ふじわらのただいえ》が、「これを枕にどうぞ」と御簾《みす》の下から腕を差し出してきたのです。これに対し、即座に切り返したのがこの歌です。「かひなく」に「腕《かひな》」を詠み込み、「春の夜」「夢」「手枕」という甘美な縁語を配した秀歌で、忠家の誘いを当意即妙にいなしています。

「恋」ではなく「雑（ほかに属さない歌）」に分類されているのは、『千載《せんざい》集』撰者の藤原俊成《しゅんぜい》83が、公の場で詠まれた疑似恋愛ゲームと捉えていたからでしょう。

作者 11世紀後半の人物。平仲子《たいらのちゅうし》。周防守《すわのかみ》平棟仲《むねなか》の娘。後冷泉《ごれいぜい》天皇、後三条天皇、白河《しらかわ》天皇、堀河《ほりかわ》天皇と四代にわたり、天皇に仕えた。

語句 『春の夜の夢ばかりなる』「春の夜」は短いもの、「夢」ははかないものとされた。「ばかり」は程度を表す。『手枕に』「手枕」は腕枕。男女がともに寝ることを表す。『かひなく』何のかいもなく。「かひな（腕）」が掛詞《かけことば》になっている。『立たむ』おそらく立つであろう。『名こそ惜しけれ』「名」は評判。

雑 68

心《こころ》にも　あらで憂《う》き世《よ》に　ながらへ《（え）》ば
恋《こひ（い）》しかるべき　夜半《よは（わ）》の月《つき》かな

三条院《さんじょういん》
『後拾遺集』所収

歌意
本意ではないが、この辛くはかない世に生きながらえたならば、きっと恋しく思い起こすことだろう、この夜更けの美しい月を。

月を眺めながらわが身の不遇を嘆く

三条院が譲位を前にして詠んだ歌です。三条院は、11歳で皇太子になってから長い年月を経て、ようやく36歳で即位しましたが、時の権力者・藤原道長《ふじわらのみちなが》に退位を迫られていたのです。そのうえ眼病を患い、二度も内裏《だいり》が炎上するという災難にも見舞われ、生涯にわたり不遇でした。

そんな絶望の淵にいたとき、かすかな視力をふりしぼって見上げた月があまりに美しかったので、月への感慨とともに、孤独感が込み上げてきたのでしょう。生きることを「心にもあらで（本意ではない）」と詠んだ天皇の悲哀が、ひしひしと伝わってきます。三条院は、この歌を詠んだ一カ月後に譲位し、翌年、失意のままに崩御しました。

作者　976〜1017年。第67代天皇。冷泉《れいぜい》天皇の第二皇子。藤原道長に退位を迫られ、わずか在位5年で道長の孫にあたる後一条《ごいちじょう》天皇に譲位。翌年、出家し、同年に崩御した。

語句　『心にもあらで』自分の本意ではないが。『憂き世』辛いこの世。『ながらへば』もし生きながらえていたならば。『恋しかるべき』「べし」は推量を表す。懐かしく思い起こされるだろう。『夜半の月かな』「夜半」は夜中、夜更け。「かな」は詠嘆を表す。

嵐《あらし》吹《ふ》く　三室《みむろ》の山《やま》の　もみぢ（じ）葉《ば》は
竜田《たつた》の川《かは（わ）》の　錦《にしき》なりけり

能因法師《のういんほうし》
『後拾遺集』所収

歌意
嵐が吹き散らす三室山の紅葉の葉が、竜田川の川面を覆い尽くして、まるで錦の織物のようだなあ。

三室山と竜田川を彩る華麗な紅葉

後冷泉《ごれいぜい》天皇が主催した「永承《えいしょう》四年内裏《だいり》歌合《うたあわせ》」において、「紅葉」の題で詠まれた歌です。『古今集』の「竜田川もみぢ葉流る神なびの三室の山にしぐれ降るらし」という詠み人知らずの歌を踏まえ、「三室の山」と「竜田の川」という紅葉の名所として知られる二つの歌枕を詠み込んでいます。歌枕を熟知している能因法師ならではの作です。

紅葉を錦に見立てた表現は、目新しいものではなく、菅《かん》家《け》㉔の「このたびは」をはじめ、多くの歌に見られます。しかし、山と川を対照させ、嵐が紅葉を吹き散らす三室山と、川面を紅葉に覆われた竜田川という二段構成で鮮やかに描き出したところが、秀歌たるゆえんです。

作者　988年～没年不詳。俗名は橘永愷《たちばなのながやす》。文章生《もんじょうせい》だったが、26歳頃に出家。歌枕《うたまくら》に関心を持ち、諸国を行脚《あんぎゃ》して『能因歌枕《のういんうたまくら》』を著した。

語句　『嵐吹く』「嵐」は、山から吹きおろす強い風。『三室の山』大和《やまと》国（奈良県）生駒《いこま》郡にある神南備《かんなび》山。紅葉の名所。『竜田の川』大和国生駒郡を流れる川。紅葉の名所。『錦なりけり』「錦」は、金糸や銀糸を用いて華麗な文様を織り出した厚手の織物のこと。「けり」は、今初めて気づいたという感動を表す。

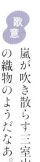

寂《さび》しさに　宿《やど》を立《た》ち出《い》でて　眺《なが》むれば
いづ《(ず)》こも同《おな》じ　秋《あき》の夕暮《ゆふ(う)ぐれ》

良暹法師《りょうぜんほうし》
『後拾遺集』所収

歌意

あまりの寂しさに耐えかねて、家を出てあたりを見渡すと、どこも同じように寂しい秋の夕暮れであることです。

秋の夕暮れのしみじみとしたもの寂しさ

良暹法師が、比叡山延暦寺《ひえいざんえんりゃくじ》での修行を終え、京都洛北《らくほく》の大原に隠棲《いんせい》していた頃に詠んだ歌です。人里離れた草庵《そうあん》に一人で暮らしてみたものの、寂しさが募って家の外へ出てみれば、同じように寂寞《せきばく》とした秋の夕暮れの風景が広がっていたと詠んでいます。

清少納言《せいしょうなごん》62は『枕草子《まくらのそうし》』で「秋は夕暮」とし、秋で最も情緒があるのは夕暮れだと言っています。「秋の夕暮」を単なる時間帯ではなく、秋のもの寂しさを含んだ表現として和歌に用いるようになったのは、良暹法師の歌がきっかけと考えられています。『後拾遺集《ごしゅういしゅう》』にこの歌を含む七首、『新古今集』には十六首も「秋の夕暮」の歌が収められており、なかでも『新古今集』にある寂蓮《じゃくれん》法師87、西行《さいぎょう》法師86、藤原定家《ふじわらのていか》97の「秋の夕暮」の歌は、「三夕《さんせき》の歌」と称されています。

作者 11世紀前半の人物。出自など詳しい経歴は不明。延暦寺の僧で、祇園《ぎおん》社で仏事を執り行う別当《べっとう》を務めた。晩年、大原や天台宗の雲林院《うりんいん》に隠棲した。

語句 『寂しさに』「に」は理由を表す。寂しさのために。『宿を立ち出でて』「宿」は、宿泊所ではなく、自分が住んでいる草庵。『眺むれば』「眺む」は、もの思いにふけってじっと眺めていること。「ば」は確定条件を表す。眺めたところ。『いづこも同じ』どこも同じように。「いづこ」を「いづく」とする場合もある。『秋の夕暮』『万葉集』にはなく、『後拾遺集』から見られるようになった表現。体言止めになっている。

秋
71

夕《ゆふ(う)》されば　門田《かどた》の稲葉《いなば》　おとづれ《(ず)》て
あしのまろやに　秋風《あきかぜ》ぞ吹《ふ》く

大納言経信《だいなごんつねのぶ》
『金葉集』所収

歌意
夕方になると、門の前に広がる田んぼの稲葉をそよそよと音を立てながら、この蘆葺《あしぶ》きの山荘に秋風が吹いてくることだ。

田舎家に吹きこむ爽やかな秋風

作者の血縁である源師賢《みなもとのもろかた》が、京都洛西《らくせい》の梅津（京都市右京区）に持っていた山荘で詠まれた歌です。この時代の貴族たちは、自然を求めて洛外《らくがい》の田舎に山荘を構え、田園趣味を楽しみました。

「田家秋風《たやのあきかぜ》（風の音で秋の訪れを知る）」という題で作られた題詠ではありますが、秋風の吹きわたる様子が細部まで描かれており、実感がこもっています。広々とした田を波うたせ、稲葉をそよがせる風の音。山荘に吹き込み、肌に感じる涼しさ。そうした情景が、視覚、聴覚、触覚によって捉えられているのです。もの寂しさではなく、秋の爽やかさを詠んだ美しい叙景歌です。

作者 1016～1097年。源経信。源俊頼《としより》⑭の父、俊恵法師《しゅんえほうし》⑮の祖父にあたる。和歌、漢詩、管弦に優れ、「三船《さんせん》の才」と称された。

語句 『夕されば』「さる」は、移動する、移り変わるの意。夕方になると。『門田』門の前に広がる田。『おとづれて』「おとづる」は本来、音を立てるの意。転じて、人のもとを訪ねることをいうようになった。『あしのまろや』蘆で葺いた粗末な小屋。ここでは山荘をいう。『秋風ぞ吹く』「ぞ」は強調を表す。

音《おと》に聞《き》く　高師《たかし》の浜《はま》の　あだ波《なみ》は　かけじや袖《そで》の　濡《ぬ》れもこそすれ

祐子内親王家紀伊《ゆうしないしんのうけのきい》

『金葉集』所収

歌意

噂に聞く高師の浜のいたずらな波にかからないように。袖が濡れると困るから。（浮気なあなたの言葉も気にかけないように。涙で袖を濡らすと困るから）

浮気な男の誘いをあしらう技巧的な返歌

堀河院《ほりかわいん》が主催した「艶書合《けそうぶみあわせ》」で詠まれた歌です。艶書合とは、男性が女性への恋歌を詠み、女性がそれに返歌するという形式の歌合《うたあわせ》をいいます。

この歌は、藤原俊忠《ふじわらのとしただ》の贈歌「人知れぬ思ひありその浦風に波のよるこそ言はまほしけれ」（人知れぬ私の恋心を、荒磯《ありそ》の浦風で波が寄るように、夜になったらあなたに打ち明けたい）への返歌です。歌枕である「荒磯」には、同じく歌枕の「高師の浜」を用いて、二つの掛詞《かけことば》「あり」「よる」には「高し」「かけ」、縁語「浦」「波」「寄る」には「浜」「波」「濡れ」で応酬しています。見事な切り返しによって、軍配は紀伊に上がりました。

作者 11世紀後半の人物。母とともに、後朱雀《ごすざく》天皇の第一皇女祐子《ゆうし》内親王に仕えた女房。有名な女流歌人で、数々の歌合に参加している。

語句 『音に聞く』「音」は噂、評判。『高師の浜』和泉国《いずみ》（大阪府）の海岸。堺市から高石市に至る一帯。『あだ波』いたずらに打ち寄せ返す波。浮気な人という意味も含む。『かけじや』かけまい。「波をかけまい」と「心をかけまい」の両方の意味を持つ。『濡れもこそすれ』「も」「こそ」は重ねると未来への不安を表す。

春 73

高砂《たかさご》の　尾《を(お)》の上《へ(え)》の桜《さくら》　咲《さ》きにけり
外山《とやま》の霞《かすみ》　たたずもあらなむ(ん)

権中納言匡房《ごんちゅうなごんまさふさ》
『後拾遺集』所収

歌意　遠くの高い山の峰の桜が咲いたなあ。人里近い山の霞よ、どうか立たないでほしい。あの桜が隠れてしまうから。

遠景の山桜、近景の霞を対照させる

内大臣藤原師通《ふじわらのもろみち》の邸《やしき》で開催された宴席で、「遥望山桜（遥かに山桜を望む）」という題で詠まれた歌です。実景ではありませんが、山桜の美しさを上品に表現しています。

上の句「尾の上の桜」で遥か遠くに見える山頂の山桜を描き、下の句「外山の霞」で人里近くの霞を擬人化し、呼びかけています。つまり、遠景と近景にある春の風物詩を対照させ、奥行きのある情景を描き出しているのです。代々学者の系譜を受け継ぐ大江匡房《おおえのまさふさ》らしい、漢詩的な構成といえるでしょう。「霞よ、どうか立たないで」と懇願することで、美しい山桜をずっと眺めていたいという願望を間接的に表現しています。

作者　1041〜1111年。大江匡房。大江千里《おおえのちさと》㉓の子孫である大江匡衡《おおえのまさひら》と赤染衛門《あかぞめえもん》㊾夫婦のひ孫。幼少から学問に秀で、神童と呼ばれた。

語句　『高砂』砂が高く積み上がったところから転じ、高い山の意。『尾の上の桜』「尾」は峰。峰の上の桜。『咲きにけり』「に」は完了、「けり」は詠嘆を表す。『外山の霞』「外山」は、人里に近い山のこと。対義語は「深山《みやま》」「奥山」。「霞」は、春の風物詩。秋に立つものは霧。『たたずもあらなむ』「なむ」は願望を表す。

恋 74

うかりける　人《ひと》を初瀬《はつせ》の　山《やま》おろしよ
はげしかれとは　祈《いの》らぬものを

源《みなもとのとしよりあそん》俊頼朝臣
『千載集』所収

歌意
つれない人が私になびくようにと初瀬の観音に祈ったのに。初瀬の山おろしよ、辛く当たるようにとは祈らなかったのに。

神に祈れどもかなわぬ恋への嘆き

藤原俊忠《ふじわらのとしただ》の邸《やしき》で、「祈れども逢はざる恋（神仏に祈ってもかなわない恋）」という題で詠まれた歌です。霊験《れいげん》あらたかな長谷《はせ》寺の初瀬観音に、つれない相手が自分になびくようにと祈願したものの、初瀬の山から吹き下ろす風が激しく冷たいように、かえって相手は冷淡な態度をとるようになってしまったというのです。長谷寺は恋の願かけで名高い寺で、三方を山に囲まれた地形からは、山おろしの激しさが容易に想像できます。

歌の技巧としては、「はげしかれ」に人と風を掛け、「山おろしよ」と風を擬人化して呼びかけています。また、字余りにすることで余情を残しています。

作者 1055年頃〜1129年頃。大納言経信《つねのぶ》71の三男で、俊恵《しゅんえ》法師85の父。平安後期を代表する歌人。多くの歌合《うたあわせ》に参加し、判者を務めた。『金葉集《きんようしゅう》』の撰者で、歌学書『俊頼髄脳《ずいのう》』の著者。

語句 『うかりける人』「憂かりける人」と書き、自分につれなく、なびかなかった人のこと。『初瀬』大和国《やまと》（奈良県）の地名で、長谷寺があるところ。『山おろし』山から吹き下ろす冷たい風。『はげしかれとは』激しくあれとは。『祈らぬものを』「ものを」は逆接を表す。

契《ちぎ》りおきし　させもが露《つゆ》を　命《いのち》にて
あは(わ)れ今年《ことし》の　秋《あき》もいぬめり

藤原基俊《ふじわらのもととし》
『千載集』所収

歌意
約束してくださった「私を頼りにせよ」という恵みの露のようなお言葉を命とも頼んできたのに、ああ、今年の秋もむなしく過ぎ去っていくようです。

作者❖1060〜1142年。右大臣藤原俊家《としいえ》の子。源俊頼《みなもとのとしより》(74)と並ぶ平安後期の歌壇の中心人物。保守的、伝統的な歌風が特徴。

語句❖『契りおきし』約束してくれた。「おき」は「露」の縁語。『させもが』「させも」は、さしも草（よもぎ）のこと。『露を命にて』「露」は、恵みの露。相手の言葉に感謝する表現。『あはれ今年の』「あはれ」は感動詞。『秋もいぬめり』「いぬ」は「往《い》ぬ」で、過ぎ去ること。「めり」は推量を表す。

わが子の出世がかなわぬ無念

藤原基俊には、光覚《こうかく》という息子がおり、自分が不遇だった分、息子には出世してほしいと願っていました。そこで、光覚を興福寺《こうふくじ》で開かれる「維摩会《ゆいまえ》」の講師《こうじ》に選んでほしいと、その任命者である藤原忠通《ただみち》(76)に頼んだのです。

すると忠通は、『新古今集』の清水観音《きよみずかんのん》の歌とされている「なほ頼めしめぢが原のさせも草わが世の中にあらむ限りは」（私がこの世にいる限りは頼みなさい。しめじが原のさせも草のように、あなたが胸を焦がして悩むことがあっても）を引用し、快諾しました。しかし、約束は果たされなかったため、維摩会の講師が決まる陰暦10月頃に、落胆と恨みがないまぜになった気持ちを詠んだのです。

わたの原《はら》　漕《こ》ぎ出《い》でて見《み》れば　久方《ひさかた》の
雲居《くもゐ(い)》にまがふ《(ごう)》　沖《おき》つ白波《しらなみ》

法性寺入道《ほっしょうじにゅうどう》
前関白太政大臣《さきのかんぱくだいじょうだいじん》
『詞花集』所収

歌意　大海原に舟を漕ぎ出して眺めると、遥かかなたに雲と見まがうばかりに沖の白波が立っていることです。

海、空、波の雄大な自然を詠んだ叙景歌

崇徳《すとく》天皇(77)の御前で、「海上遠望（海の上で遠くを望む）」という題で詠まれた歌です。漢詩の影響で生まれた、新しい題でした。広々とした青い海、晴れわたる青い空、その狭《はざ》間《ま》で、まるで雲のように白い波が立っています。青と白のコントラストも鮮やかに、雄大な自然を堂々と詠みました。この歌は、斬新でおおらかな叙景歌であるとして、高く評価されたといいます。

参議《さんぎ》篁《たかむら》⑪の「わたの原八十島《やそしま》かけて漕ぎ出でぬと人には告げよ海人《あま》の釣舟」が念頭にあったと考えられますが、この歌には、篁の歌のような孤独感はなく、むしろ晴れの場にふさわしい、のびやかな明るさが感じられます。

作者　1097～1164年。藤原忠通《ふじわらのただみち》。摂政関白《せっしょうかんぱく》藤原忠実《ただざね》の子。鳥羽《とば》天皇から四代にわたり、摂政関白を務めた。保元《ほうげん》の乱では、後白河《ごしらかわ》天皇側につき、崇徳上皇(77)側に勝利した。

語句　『わたの原』「わた」は海のこと。大海原。『漕ぎ出でて見れば』舟を漕ぎ出して見渡すと。『久方の』天、空、光など天体に関する語にかかる枕詞《まくらことば》。「雲居」にかかる。『雲居』雲の居るところ、つまり空。ここでは雲を指す。『まがふ』見間違える。『沖つ白波』沖の白波。

瀬《せ》をはやみ　岩《いは(わ)》にせかるる　滝川《たきがは(わ)》の
われても末《すゑ(え)》に　逢《あ(わ)(ん)》はむとぞ思《おも(う)》ふ

崇徳院《すとくいん》
『詞花集』所収

歌意　川の流れが速いので、岩にせき止められる急流が、二つに分かれてもいずれ一つになるように、今は引き離されても、いつかまた逢おうと思う。

強い決意が込められた情熱的な歌

滝川の激しい流れに、自らの運命を重ねた情熱的な恋の歌です。今は、恋しい人と引き離されていても、困難を乗り越えて、必ずやまた一緒になってみせようという、強い決意が詠まれています。上三句が「われても末に逢はむ」を導く序詞《じょことば》となっていますが、単なる飾り言葉ではなく、迫力ある情景が恋の激しさを想像させ、歌の本意を際立たせています。

この歌は、崇徳院自身が編纂を命じた『久安《きゅうあん》百首』のために作られたもの。もとは上三句が「行《ゆ》きなやみ岩にせかるる谷川の」でしたが、今の形に変えたことで勢いが増し、いっそう激情的な歌になりました。

作者　1119～1164年。第75代天皇。鳥羽《とば》天皇の第一皇子。5歳で即位するも、父と不仲だったため退位させられる。保元《ほうげん》の乱に敗れ、讃岐《さぬき》国（香川県）に流された。『詞花《しか》集』の勅撰《ちょくせん》下命者。

語句　『瀬をはやみ』「瀬」は、川の浅いところ。「～を～み」で「～が～なので」を表す。『岩にせかるる』岩にせき止められる。『滝川の』滝のような急流、激流。ここまでが「われても末に逢はむ」を導く序詞。『われても末に』「水が分かれる」と「男女が別れる」を掛けている。

淡路島《あは(わ)ぢ(じ)しま》 かよふ《(う)》千鳥《ちどり》の 鳴《な》く声《こゑ(え)》に いく夜《よ》寝《ね》覚《ざ》めぬ 須磨《すま》の関守《せきもり》

源《みなもとの》兼昌《かねまさ》
『金葉集』所収

歌意 淡路島から須磨に通ってくる千鳥のもの悲しい鳴き声に、幾夜目を覚ましたことだろうか、須磨の関所の番人は。

千鳥の声を聞く須磨の関守の哀愁

「関路千鳥《せきじのちどり》」という題で詠まれた、冬の哀愁が漂う歌です。源兼昌が選んだ関は、「須磨の関」でした。「須磨」は、現在の神戸市須磨区周辺で、明石《あかし》海峡をはさんで、淡路島と向き合う位置にあります。京の都から遠く離れたうら寂しい田舎であり、軽い罪人の流刑地でもありました。『源氏物語』の「須磨巻」でも有名で、光源氏が自ら退き、孤独にわび住まいをした土地として描かれています。

さらに、冬の風物詩である千鳥のもの悲しい鳴き声が、須磨の寂しさをいっそう際立たせています。孤独に夜を過ごしたであろう関守に思いを馳せ、自らの姿に重ねて、哀感たっぷりに詠み上げています。

作者 12世紀初めの人物。源俊輔《としすけ》の子。詳しい経歴は不明だが、1100年以降、多くの歌合に参加している。その後、出家した。

語句 『淡路島』兵庫県須磨の西南にある島。『かよふ』行き来すること。『千鳥の鳴く声に』「千鳥」は、群れをなして飛ぶ小型の美しい鳥。もの悲しい声で鳴く。『いく夜寝覚めぬ』幾晩、目覚めただろうか。『須磨の関守』「須磨」は、摂津国《せっつ》（兵庫県）の海岸付近で、関所があった。「関守」は、関所を守る番人。

秋風《あきかぜ》に たなびく雲《くも》の 絶《た》え間《ま》より もれ出《い(ず)》づる月《つき》の 影《かげ》のさやけさ

左京大夫顕輔《さきょうのだいぶあきすけ》
『新古今集』所収

歌意

秋風によってたなびいている雲の切れ間から、もれ差してくる月の光は、なんと明るく澄みきっていることでしょう。

雲間から差しこむ月光の美しさ

月の満ち欠けをもとに暦が作られていた時代、月は今よりずっと身近な存在でした。古来、多くの歌に詠まれ、『百人一首』には、十二首もの月の歌が選ばれています。満ち欠けや詠み込まれる心情はさまざまですが、静止した月ではなく、雲間に出ては隠れる動的な月を詠んだこの歌は、とりわけ異彩を放っています。

満月を覆い隠していた雲が、吹きわたる秋風によってゆるやかに流れていきます。すると、たなびく雲の切れ間から、清澄な月の光がもれ差してきたのです。刻々と変化する夜空に瞬間的な美しさを捉えた、秋ならではの余情あふれる一首です。

作者 1090〜1155年。藤原顕輔《ふじわらのあきすけ》。藤原顕季《あきすえ》の子で、藤原清輔《きよすけ》(84)の父。歌才に優れ、崇徳院《すとくいん》(77)の命で『詞花集《しかしゅう》』の撰者になった。父から和歌の名門「六条家」を継承した。

語句 『秋風に』「に」は原因・理由を表す。秋風によって。『たなびく雲』横に長くひく雲。『絶え間より』「より」は起点を表す。雲と雲の切れたすき間から。『もれ出づる』もれ出してくる。『月の影』月光。「影」は、光を指す。『さやけさ』明るく澄みきっていること。

恋
80

ながからむ（ん）　心《こころ》も知《し》らず　黒髪《くろかみ》の
みだれてけさは　ものをこそ思《おも》へ（え）

待賢門院堀河《たいけんもんいんのほりかわ》
『千載集』所収

歌意　末長く変わらないというあなたの本心はわかりませんが、お逢いして別れた今朝は、黒髪が寝乱れるように心も乱れ、もの思いに沈んでいます。

逢瀬《おうせ》の余韻に乱れる黒髪と心

逢瀬の翌朝、男性が女性のもとへ贈る「後朝《きぬぎぬ》の歌」に対する返歌という趣向で詠まれた歌です。平安貴族は一夫多妻制で、通い婚が主流だったため、女性は男性の訪問をひたすら待つしかありませんでした。「いつまでも心変わりしないよ」という相手の言葉を信じきることができず、黒髪の乱れに、心の乱れを重ねて、恋の行く末を案じています。黒髪乱れた髪は、男女の共寝《ともね》を連想させ、歌に官能的な響きを与えています。

貴族女性たちにとって、「黒髪」は命であり、黒々として長いほどよいとされていました。女性の若さや美しさを象徴する歌語としても多くの和歌に詠まれています。

作者　12世紀前半の人物。源顕仲《みなもとのあきなか》の娘。崇徳《すとく》天皇⑰・後白河《ごしらかわ》天皇の母である待賢門院に仕え、「堀河」と呼ばれた。後に、待賢門院とともに出家した。

語句　『ながからむ心』末長く変わらないであろう心。「長し」は、「黒髪」の縁語。『知らず』期待できなくて。『黒髪のみだれて』「みだれて」は、黒髪が乱れた状態とともに、乱れた心の状態もいう。「黒髪」の縁語。『けさは』相手と別れた朝（後朝）のこと。『ものをこそ思へ』「こそ」は強調を表す。

ほととぎす　鳴《な》きつる方《かた》を　眺《なが》むれば
ただ有明《ありあけ》の　月《つき》ぞ残《のこ》れる

後徳大寺《ごとくだいじの》左大臣《さだいじん》
『千載集』所収

歌意

ほととぎすが鳴いたので声がしたほうを眺めると、そこにはほととぎすの姿はなく、有明の月だけが空に残っていた。

夜を徹して愛でる夏の風物詩

「暁に郭公（ほととぎす）を聞く」という題で詠まれた歌です。ほととぎすは、夏を代表する風物詩として、『万葉集』の時代から多くの和歌に詠まれてきました。初夏になると南方から渡ってくる夏鳥で、「天辺《てっぺん》かけたか、本尊《ほんぞん》かけたか」「特許許可局《とっきょきょかきょく》」などと聞きなされる独特の鋭い声で鳴きます。とりわけ夜明けの声を聞くのが風流とされ、その年の初めての鳴き声である「初音《はつね》」を聞くために、夜を徹して待つこともありました。

「ほととぎす」の鳴き声という聴覚の世界を上二句で描き、「眺むれば」を境に、下二句で「有明の月」という視覚の世界へと鮮やかに転じています。待ちわびた鳴き声をようやく聞くことができた喜びと、声の主が飛び去ってしまった落胆が対照的に描かれています。一瞬の声の余韻を残月に響かせた、美しい歌です。

作者 1139〜1191年。藤原実定《ふじわらのさねさだ》。右大臣公能《きんよし》の子。藤原俊成《しゅんぜい》⑧③の甥、藤原定家《ていか》⑨⑦の従兄弟。和歌だけでなく、管弦や漢詩にも優れていた。

語句 『ほととぎす』5月頃に南方から渡ってくる夏鳥。夏の到来を告げる鳥として、初音を心待ちにされた。『鳴きつる方』「つる」は完了を表す。今鳴いた方角。『眺むれば』「ば」は確定条件を表す。眺めやると。『ただ』「残れる」にかかる。有明の月が唯一のものであることを強調している。『有明の月ぞ残れる』「有明の月」は、夜更けに出て、明け方まで空に残っている陰暦16日以降の月。「ぞ」は強意を表す。

恋 82

思《おも》ひ（い）わび　さても命《いのち》は　あるものを
憂《う》きにたへ（え）ぬは　涙《なみだ》なりけり

道因法師《どういんほうし》
『千載集』所収

歌意
つれない人のことを思い悩んで、それでも命だけはこうしてつないでいるのに、その辛さに耐えられずにこぼれ落ちるのは涙だったよ。

命は耐えても涙はこぼれ落ちる恋の苦しみ

振り向いてくれない相手に思い悩み、身体もやつれてしまったけれど、それでも命だけはなんとか保っている。しかし、涙だけは辛さに耐えきれずにあふれ出てしまう、と「命」と「涙」を対比させて、自分の意志では制御できない恋心を詠んでいます。

道因法師は、80歳になっても住吉神社に毎月参詣して和歌の上達を祈願したり、90歳を超えても歌合《うたあわせ》に参加したりと、年老いてなお歌道に執着し続けました。この歌は、『千載《せんざい》集』では恋の歌に分類されていますが、道因の人生そのものを述懐した歌とも考えられます。嘆きの中にも、老齢ゆえの達観が感じられます。

作者 1090〜1182年頃。俗名は藤原敦頼《ふじわらのあつより》。83歳頃に出家し、90歳頃まで生きた。死後、『千載集』に十八首が選ばれたことを喜び、撰者の藤原俊成《しゅんぜい》㉝の夢に現れ、感謝したという逸話がある。

語句 『思ひわび』「思ひわぶ」は、つれない相手に思い悩んだりする心情。『さても』そうであっても。『命はあるものを』「は」は、ほかと区別するための言葉。「命」と「涙」を対比している。『憂きに』辛いことに。『涙なりけり』「なり」は断定、「けり」は詠嘆を表す。

雑
83

世《よ》の中《なか》よ　道《みち》こそなけれ　思《おも》ひ《(い)》入《い》る
山《やま》の奥《おく》にも　鹿《しか》ぞ鳴《な》くなる

皇太后宮大夫俊成《こうたいごうぐうのだいぶしゅんぜい》
『千載集』所収

歌意　この世の中には、辛さから逃れる道はないのだ。深く思い詰めて入ったこの山の奥にも、悲しげに鳴く鹿の声が聞こえているよ。

世の無常を悟り、出家を思いとどまる

俗世から離れるために分け入った山奥ですら、悲しそうに鹿が鳴いている。その声を聞いて、どのような生き方をしても、辛い世の中からは逃れられないのだと悟ったのです。遁世《とんせい》を遂げられない嘆きと、俗世で生きていく覚悟が伝わってきます。

この歌が詠まれたのは、藤原俊成《ふじわらのしゅんぜい》がまだ27、28歳の頃。平安末期の戦乱期にあたり、西行法師《さいぎょうほうし》86をはじめ、多くの友人たちが世をはかなみ、出家していきました。俊成自身も人生の岐路に立ち、出家を考えていたのでしょう。しかし、「世の中よ道こそなけれ」と思いとどまり、その後、歌道に邁進し、多大な功績を残しました。

作者　1114～1204年。藤原俊成。藤原定家《ていか》97の父。後鳥羽院《ごとばいん》99に仕えて和歌を学び、その後、御子左家《みこひだりけ》（歌道の家）の祖となる。後白河《ごしらかわ》上皇の命により、『千載集《せんざい》』の撰者を務めた。

語句　『世の中よ』世の中というものは、まあ。『道こそなけれ』「道」は、世の中の辛いことから逃れる道。「こそ」は強調を表す。『思ひ入る』深く考え込むこと。「入る」には、山に「入る」が掛かっている。『鹿ぞ鳴くなる』「ぞ」は強調を表す。鹿が鳴いているようだ。

ながらへ（え）ば　またこのごろや　しのばれむ（ん）　憂《う》しと見《み》し世《よ》ぞ　今《いま》は恋《こひ（い）》しき

藤原清輔朝臣《ふじわらのきよすけあそん》
『新古今集』所収

歌意　生きながらえたとしたら、辛いと感じているこの頃のことが、きっと懐かしく思い出されるだろう。辛いと思っていた昔が、今は恋しく思われるのだから。

今の苦しみは時が解決してくれる

「どんなに苦しいことも、時が過ぎれば、すべて懐かしい思い出に変わるはず」と、辛い思いをしている今の自分を慰めるように詠んでいます。時代を超えて、万人の共感を呼ぶであろう前向きな歌です。

詠まれた時期については、『清輔集《きよすけ》』に「三条内大臣《さんじょうのないだいじん》いまだ中将《ちゅうじょう》にておはしける時」と書かれていますが、「三条内大臣」を「三条大納言《だいなごん》」とする説もあります。「三条内大臣」（藤原公教《ふじわらのきみのり》）なら30歳以前の作で、父の藤原顕輔《あきすけ》79と確執に苦しんでいた頃。「三条大納言」（藤原実房《さねふさ》）なら60歳以前の作で、昇進問題や、二条院の崩御により『続詞花《しょくしか》集』が勅撰《ちょくせん》でなくなることを思い悩んでいた頃です。

作者　1108〜1177年。藤原顕輔79の子。六条藤家《ろくじょうとうけ》（歌道の家）を受け継ぐが、父とは不仲だった。歌論書『奥義抄《おうぎしょう》』『袋草紙《ふくろぞうし》』などを著し、歌人、歌学者として活躍した。

語句　『ながらへば』もし生きながらえていたならば。『このごろやしのばれむ』「このごろ」は、辛いことの多いこのごろ。「や」は疑問、「む」は推量を表す。『憂しと見し世』辛いと思っていた過去。『今は恋しき』「今は」は、過去と区別した言い方。

恋
85

夜《よ》もすがら　もの思《おも》ふ(う)ころは　明《あ》けやらで
ねやのひまさへ(え)　つれなかりけり

俊恵法師《しゅんえほうし》
『千載集』所収

歌意
一晩中、恋人のつれなさに思い悩んでいるこの頃は、夜がなかなか明けてくれず、寝室のすき間さえつれなく思われるのです。

もの思いにふける一人寝の長い夜

僧侶である俊恵法師が、女性の立場に立って、一人寝のわびしさを詠んだ歌です。つれない恋人のことを思い悩んで眠れない夜は、ことさら長く、なかなか明けてはくれません。「早く朝が来ればいいのに」と願っても、白んでくるはずの寝室の戸のすき間は、いつまでも暗いまま。恋人だけでなく、そのすき間までもが、冷淡に感じられるというのです。戸のすき間という意外なものに焦点を当てた、観察眼の鋭さが光る一首です。

この歌は、俊恵法師の自邸「歌林苑《かりんえん》」で開かれた歌合《うたあわせ》において、「恋」の題で詠まれたもの。女心を想像し、その機微を豊かに表現しています。

作者　1113〜1191年頃。源《みなもとの》俊頼《としより》(74)の子で、源経信《つねのぶ》(71)の孫。若くして出家し、東大寺の僧となった。自邸を「歌林苑」と名付け、道因法師《どういんほうし》(82)、藤原清輔《ふじわらのきよすけ》(84)などを招いて歌合を開いた。

語句　『夜もすがら』一晩中、夜通し。『もの思ふころは』「もの思ふ」は、つれない恋人のことを思い悩むこと。『明けやらで』なかなか夜が明けないので。『ねやのひまさへ』「ねや」は寝室。「ひま」はすき間。『つれなかりけり』「つれなし」は、冷淡だ、薄情だの意。

恋 86

嘆《なげ》けとて　月《つき》やはものを　思《おも》はする
かこち顔《がほ(お)》なる　わが涙《なみだ》かな

西行法師《さいぎょうほうし》
『千載集』所収

歌意

「嘆け」と言って、月が私にもの思いをさせるのでしょうか。いえ、そうではありません。それなのに、月のせいにして流れる私の涙であることです。

恋の苦しみを月のせいにする

「月前恋（月の前の恋）」という題で詠まれた歌です。月を眺めていると、自然に涙がこぼれてきます。「月に嘆き悲しめと言われたからだろうか」と、月を擬人化して、涙の原因を押しつけてみます。しかし本当は、かなわぬ恋の苦しみから流れ出てくる涙なのだと告白しているのです。自然の事象に自らの心の内を映して、哀切な情景を見事に詠い上げています。

西行法師は、御所を警護する「北面《ほくめん》の武士」という地位を捨てて23歳の若さで出家。各地を旅し、「漂泊《ひょうはく》の歌人」と称されました。僧侶でありながら、恋の歌、特に月を眺めながら恋人を思う歌を多く詠みました。

作者　1118〜1190年。俗名は佐藤義清《さとうのりきよ》。鳥羽院《とばいん》に仕える「北面の武士」（上皇の身辺を警護する武士）だったが、23歳で出家。諸国を行脚《あんぎゃ》し、『山家集《さんかしゅう》』『西行《さいぎょう》上人集《しょうにんしゅう》』などの歌集を残した。

語句　『嘆けとて』月が私に嘆けと言って。月を擬人化した表現。『月やはものを思はする』「やは」は、反語を表す。月が私にもの思いをさせるのか、いやそうではない。『かこち顔なる』「かこつ」は、ほかのもののせいにする、かこつけるの意。『わが涙かな』「かな」は詠嘆を表す。

秋 87

村雨《むらさめ》の　露《つゆ》もまだひぬ　真木《まき》の葉《は》に
霧立《きりた》ちのぼる　秋《あき》の夕暮《ゆふ(う)ぐれ》

寂蓮法師《じゃくれんほうし》
『新古今集』所収

歌意　にわか雨がひとしきり降った後、その露もまだ乾ききらない真木の葉の辺りに、霧がほの白く立ち上ってくる秋の夕暮れであることよ。

静寂に包まれた晩秋の夕暮れの景

晩秋の夕暮れ時に現れる、幽玄な世界を詠んだ歌です。上の句では近景の「真木の葉」に焦点を当て、下の句では遠景に視点をずらし、「秋の夕暮」の情景を描いています。通り過ぎて行ったにわか雨、葉の上に残った露、冷気によって白く立ち上る霧。時間の経過とともに形を変えていく水の姿を捉えながら、山奥の静寂を表現しているのです。色鮮やかな紅葉ではなく、あえて常緑樹を題材にしたところに、艶《えん》と寂寥《せきりょう》を好む寂蓮法師の美意識が感じられます。「秋の夕暮」を詠んだ名歌「三夕《さんせき》の歌」には、西行法師《さいぎょうほうし》86、藤原定家《ふじわらのていか》97と並び、寂蓮法師の「寂しさはその色としもなかりけり真木立つ山の秋の夕暮」も選ばれています。

❖作者❖　1139年頃～1202年。俗名は藤原定長《さだなが》。叔父である藤原俊成《しゅんぜい》83の養子になるが、実子・藤原定家97が誕生すると出家した。『新古今集』の撰者の一人だったが、完成を待たずに死去。

❖語句❖　『村雨』にわか雨。秋から冬にかけて、激しく断続的に降る雨。『露もまだひぬ』「ひぬ」は「干ぬ」で、まだ乾かないの意。『真木』杉、檜《ひのき》、槙《まき》などのまっすぐに伸びる常緑樹の総称。『霧』秋に立ちこめる靄《もや》のこと。春のものは霞《かすみ》という。『秋の夕暮』体言止めの技法。

恋 88

難波《なには(わ)》江《え》の　蘆《あし》のかりねの　一夜《ひとよ》ゆゑ《(え)》
みをつくしてや　恋《こひ(い)》わたるべき

皇嘉門院別当《こうかもんいんのべっとう》
『千載集』所収

歌意 難波の入り江に生える蘆の刈り根の一節《ひとよ》ではないが、短い一夜《ひとよ》の仮寝のために、あの澪標《みおつくし》のように身を尽くして恋い続けなければならないのでしょうか。

旅の宿での一夜限りのはかない恋

歌合《うたあわせ》の席において「旅宿に逢ふ恋」という題で、難波《なにわ》に大勢いたという遊女の立場に身を置いて詠まれた歌です。ある旅の宿で、一夜限りの恋の契りを交わした男女。旅人は次の地へ行ってしまい、残された遊女は相手を忘れることができずに、恋し続けるしかないと嘆いています。行きずりの恋に運命を感じる情熱と、かなわぬ恋の切なさが、難波のもの悲しい景色に重ねて描かれています。

「難波江」の縁語である「蘆」「刈り根」「一節」「澪標」を散りばめ、さらに「刈り根」と「仮寝」、「一節」と「一夜」、「身を尽くし」と「澪標」といった掛詞《かけことば》を駆使した技巧的な一首です。

作者 12世紀の人物。太皇太后宮亮《たいこうたいごうぐうのすけ》源俊隆《みなもとのとしたか》の娘。崇徳《すとく》天皇77の后《きさき》である皇嘉門院聖子《せいし》に仕え、別当（長官）を務めた。

語句 『難波江』摂津《せっつ》国難波（大阪市）の入り江。『蘆のかりねの』「かりね」は「刈り根」と「仮寝」の掛詞。『一夜ゆゑ』「一夜」は「一節」との掛詞。「一節」は、節と節の間を指し、短い間のたとえ。『みをつくしてや』「澪標」と「身を尽くし」の掛詞。「澪標」は、船の航行の目印になる杭で、難波の名物。『恋わたるべき』「わたる」は、～し続けるの意。

恋
89

玉《たま》の緒《を》(お)よ　絶《た》えなば絶《た》えね　ながらへ(え)ば
忍《しの》ぶることの　弱《よわ》りもぞする

式子内親王《しょくしないしんのう》
『新古今集』所収

歌意

わが命よ、絶えてしまうのなら、絶えてしまえ。生きながらえていると忍び隠す気持ちが弱り、恋心が表れてしまいそうだから。

命を捨ててしまいたいほどの忍ぶ恋の激情

「忍ぶる恋」という題で詠まれた歌で、忍んでもあふれ出てしまう恋心が描かれています。上の句で「いっそ命が絶えてしまえばいい」と激しく訴え、下の句で「恋心を隠しきれず、人に知られてしまうかもしれないから」と不安な心情を詠い、揺れ動く恋心を見事に表現しています。

式子内親王は、10歳から20歳までを賀茂《かも》社に仕える斎院《さいいん》として過ごしました。その後も恋は禁じられ、生涯独身を貫いたのです。そんな式子が密かに恋い慕った相手は、和歌の師である藤原俊成《ふじわらのしゅんぜい》83の子、藤原定家《ていか》97だったという説もあります。題詠《だいえい》でありながら、式子自身の悲恋を思わせるような、真に迫った激情が表出した一首です。

作者 1149〜1201年。後白河《ごしらかわ》天皇の皇女。賀茂社(京都の上賀茂《かみがも》・下鴨《しもがも》神社)に仕える斎院を10年間務め、後に出家する。和歌の師は藤原俊成83。『新古今集』時代の代表的女流歌人。

語句 『玉の緒』魂を体につないでおく緒。つまり、命そのもの。『絶えなば絶えね』絶えてしまうなら、絶えてしまえ。『ながらへば』「ば」は仮定条件を表す。生きながらえたなら。『忍ぶることの』こらえることも。『弱りもぞする』「もぞ」は、〜すると困るの意。

恋
90

見《み》せばやな　雄島《を(お)じま》のあまの　袖《そで》だにも
濡《ぬ》れにぞ濡《ぬ》れし　色《いろ》はかは《(わ)》らず

歌意

血の涙で色が変わってしまった私の袖を、あなたに見せたいものです。松島の雄島の漁師の袖さえ、海水で濡れに濡れても、色は変わったりしないのに。

殷富門院大輔《いんぷもんいんのたいふ》
『千載集』所収

袖が血の涙に染まるほど辛い恋

この歌は、源重之《みなもとのしげゆき》㊽が詠んだ「松島や雄島の磯にあさりせしあまの袖こそかくはぬれしか」を本歌とした、本歌取りの技法を用いています。歌意は「雄島の漁師の袖は、涙で濡れた私の袖と同じくらい濡れそぼっている」ですが、これを受けて殷富門院大輔は、「私の袖は涙で濡れただけでなく、血の色にまで変わってしまった」と詠っているのです。血が出るほど泣き悲しむときに「血の涙」という表現を用いますが、これは漢詩に影響されたものです。

宮城県松島の湾内に浮かぶ小さな島「雄島」は、重之に続いて大輔に詠まれたことで、「雄島のあま」という表現が流行し、新たな歌枕として確立されました。

作者　1131年頃～1200年頃。藤原信成《ふじわらのぶなり》の娘。後白河《ごしらかわ》天皇の皇女、亮子《りょうし》内親王（殷富門院）に仕えた。俊恵法師《しゅんえほうし》(85)主宰の歌会「歌林苑《かりんえん》」の一員。

語句　『見せばやな』「ばや」は願望を、「な」は詠嘆を表す。見せたいものです。『雄島』宮城県松島の湾内にある島の一つ。『あまの袖だにも』「あま」は漁師。いつも海水で濡れている漁師の袖でさえも。『濡れにぞ濡れし』同じ言葉を繰り返して強調する表現。『色はかはらず』「色」は、漁師の袖の色を指す。

秋 91

きりぎりす　なくや霜夜《しもよ》の　さむしろに　衣《ころも》かたしき　独《ひと》りかも寝《ね》む(ん)

後京極摂政《ごきょうごくせっしょう》
前太政大臣《さきのだいじょうだいじん》
『新古今集』所収

歌意
こおろぎが鳴いている霜の降りるこの夜に、寒いむしろの上に自分の片方の袖だけを敷いて、私は一人寂しく寝るのでしょうか。

晩秋の霜夜に一人寝をするわびしさ

この歌は、『古今集』の「さむしろに衣かたしき今宵《こよひ》もや我を待つらむ宇治の橋姫」や、柿本人麻呂《かきのもとのひとまろ》③の「あしびきの山鳥の尾のしだり尾のながながし夜をひとりかも寝む」など、数首から本歌取りしています。霜が降りるほど寒い夜、静寂を破って耳に響いてくるのは、こおろぎの声。むしろに横たわりながら、その声を一人で聞き、寂しさを募らせているのです。晩秋の寂寥《せきりょう》感と、一人寝の孤独感がひしひしと伝わってきます。

作者の藤原良経《ふじわらのよしつね》は、この歌を詠む少し前に、最愛の妻を亡くしています。部立《ぶだて》は「秋」ですが、残された男性の恋の歌として味わうこともできます。

作者 1169〜1206年。藤原（九条）良経。藤原忠通《ただみち》⑯の孫で、九条家を興した九条兼実《かねざね》の子。慈円《じえん》⑮の甥。摂《せっ》政《しょう》・太政大臣になったが、38歳で急死。

語句 『きりぎりす』今のこおろぎ。歌では「きりぎりす」という。『なくや霜夜の』「や」は詠嘆を表す。「霜夜」は、晩秋の霜の降りる寒い夜。『さむしろに』「さ」は接頭語。「むしろ」は、菅《すげ》や藁《わら》で編んだ敷物。『衣かたしき』共寝《ともね》では互いの衣の袖を敷くが、一人寝では自分の衣の片袖だけを敷くので、一人寝を表す。

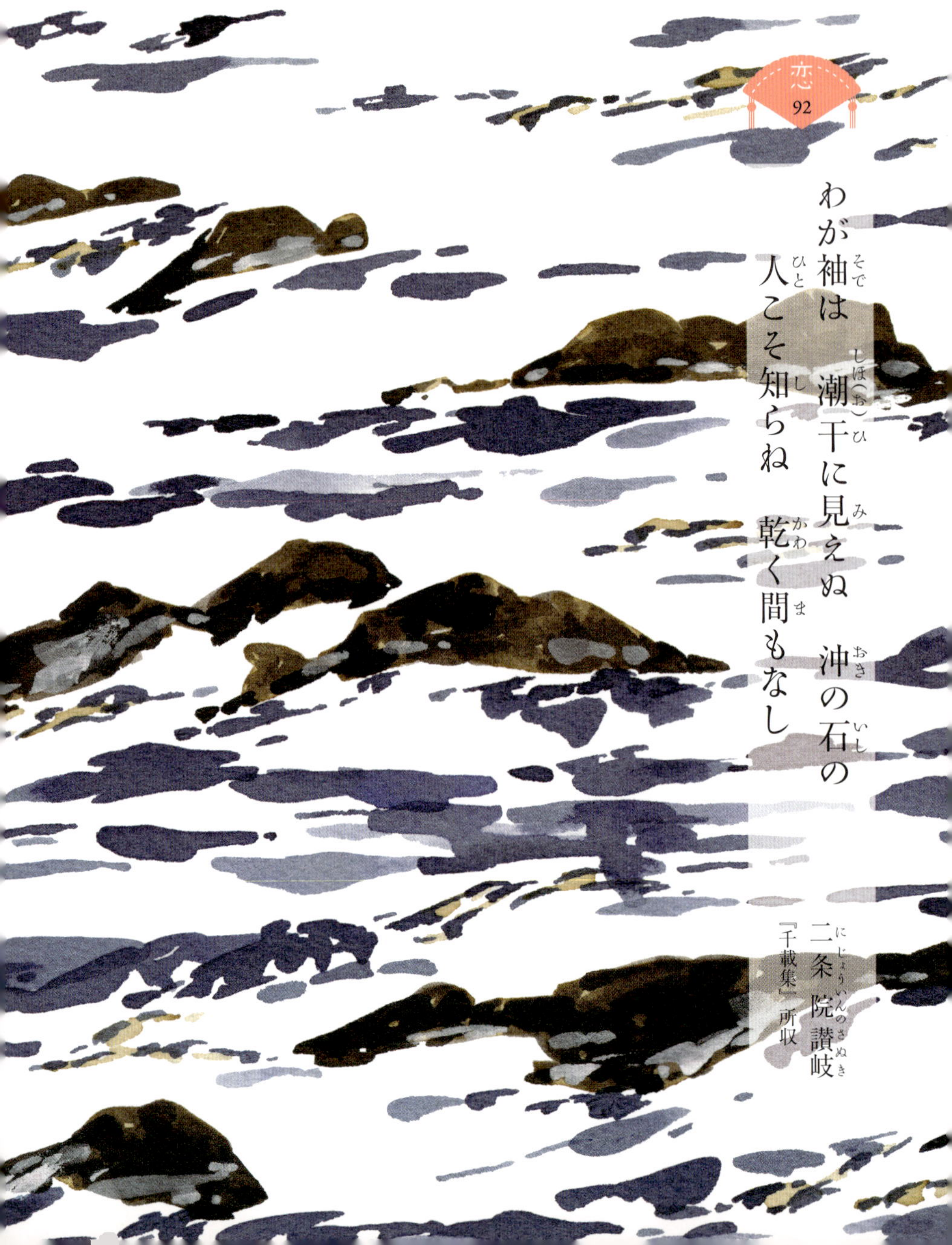

わが袖《そで》は　潮《しほ(お)》干《ひ》に見《み》えぬ　沖《おき》の石《いし》の
人《ひと》こそ知《し》らね　乾《かわ》く間《ま》もなし

二条院讃岐《にじょういんのさぬき》
『千載集』所収

歌意 私の袖は、引き潮のときにも海中に隠れて見えない沖の石のように、人は知らないでしょうが、涙に濡れて乾く暇もありません。

海底の石のように人知れぬ恋心

「石に寄する恋」という風変わりな難題で詠まれた歌です。恋する女性の涙で濡れ、乾く暇もない袖を、引き潮になっても海上に現れない沖の石が常に濡れている様子にたとえています。海深くに沈んだ石は、まるで日の目を見ない恋心を暗示しているかのようです。この歌は、和泉式部《いずみしきぶ》56の「わが袖は水の下なる石なれや人に知られでかわく間もなし」（『和泉式部集』）を本歌取りしています。

『百人一首』には、涙で袖を濡らす歌が非常に多く、「契りきな」42、「恨みわび」65、「音に聞く」72、「見せばやな」90が該当します。また、「袖が乾く間もない」という表現も和歌の常套《じょうとう》句です。しかし、この歌は「沖の石」を取り合わせたことで斬新な一首に仕上がり、高く評価されました。作者自身も、「沖の石の讃岐」と呼ばれるようになったといいます。

作者 源頼政《みなもとのよりまさ》の娘。1141年頃〜1217年頃。二条天皇に仕え、後に後《ご》鳥《と》羽《ば》天皇99の中宮任子《にんし》に仕えた。俊恵法《しゅんえほう》師《し》85が主宰する歌会「歌林苑《かりんえん》」に参加するなど、女流歌人として活躍した。

語句 『わが袖は』私の袖は。『潮干に見えぬ』「潮干」は、引き潮の状態。潮が引いても見えない。『沖の石の』沖の深いところにあり、潮の満ち引きに関係なく姿を見せない石。「潮干に見えぬ沖の石の」は、「人こそ知らね乾く間もなし」を導く序詞《じょことば》。『人こそ知らね』「人」は、世間一般の人とも、恋人ともとれる。「こそ」は強調を表す。『乾く間もなし』（袖が涙で濡れて）乾く暇すらない。

世《よ》の中《なか》は　常《つね》にもがもな　渚《なぎさ》こぐ
あまの小舟《を(お)ぶね》の　綱手《つなで》かなしも

鎌倉右大臣《かまくらのうだいじん》
『新勅撰集』所収

歌意

この世の中は、永遠に変わらないでほしいものだなあ。この渚を漕いでいく漁師が、小舟の綱手を引くさまに、しみじみと心動かされることだ。

作者

1192〜1219年。源実朝。鎌倉幕府を開いた源頼朝《よりとも》と北条政子《ほうじょうまさこ》の次男。鎌倉幕府の三代将軍。藤原定家《ふじわらのていか》⑰に師事して和歌を学ぶ。歌集に『金槐《きんかい》和歌集』がある。

語句

『常にもがもな』常に変わらないものであってほしいなあ。『渚こぐ』「渚」は波打ち際。『あま』漁師。『綱手』舟の先につけて、舟を引くための綱。『かなしも』「かなし」は、「哀しい」「愛しい」などの心を揺り動かされるような感情。「も」は詠嘆を表す。

悲劇の将軍が詠んだ人の世の無常

鎌倉の浜辺で、海を眺めながら詠んだ歌だといわれています。上二句で、世は無常であることを知りながら、いつまでも変わらないでほしいと願っています。下三句では、漁師が綱手を引く日常の営みを見つめ、「かなし」と表現しています。「かなし」は、「哀し」「愛し」であり、はかない日常をもの悲しくも愛おしく感じ、心動かされているのです。この歌は、『古今集』の「陸奥《みちのく》はいづくはあれど塩釜《しほがま》の浦こぐ舟の綱手かなしも」を本歌取りしたものです。

源《みなもとのさねとも》実朝は、12歳で征夷大将軍になるも、政争にまきこまれ、28歳で甥の公暁《くぎょう》に暗殺されます。激動の人生の中で、穏やかな日常を願った実朝の実感がこもった一首です。

み吉野《よしの》の　山《やま》の秋風《あきかぜ》　小夜更《さよふ》けて　ふるさと寒《さむ》く　衣《ころも》うつなり

参議雅経《さんぎまさつね》
『新古今集』所収

歌意

吉野山の秋風が吹きわたる夜更け、古い都である吉野の里は寒く、衣を打つ砧《きぬた》の音が聞こえてくる。

衣を打つ音が響く秋の夜の寂しさ

歌合《うたあわせ》の席で、「擣衣《たうい》」の題で詠まれた歌です。擣衣とは、丸太に柄がついた砧という棒で衣を叩き、つやを出すことをいい、漢詩の情趣が感じられる言葉です。

この歌は、『古今集』にある坂上是則《さかのうえのこれのり》㉛の「み吉野の山の白雪つもるらしふるさと寒くなりまさるなり」を本歌取りし、季節を冬から晩秋に移して詠まれました。上の句で自然を、下の句で人事を描き、「衣うつ」という聴覚的なイメージでまとめ上げたところに、本歌にはない新鮮味があります。遠くで衣を打つ音が秋風に乗って響いてくる情景は、秋の夜の静寂を際立たせ、寒々とした季節にいっそうの寂寥《せきりょう》感を募らせます。

❖作者❖ 1170〜1221年。藤原《ふじわらの》（飛鳥井《あすかい》）雅経《まさつね》。藤原頼経《よりつね》の子。藤原俊成《しゅんぜい》㊳に和歌を習う。『新古今集』の撰者の一人。蹴鞠《けまり》の家・飛鳥井家の祖となる。

❖語句❖ 『み吉野の』「み」は美称の接頭語。「吉野」は、大和国《やまと》（奈良県）の吉野郡。『小夜更けて』「さ」は接頭語。夜が深まっていく。『ふるさと』吉野には古代、離宮があったことから、古く都があった場所という意味の「古里」。『衣うつなり』砧で衣を打つ音が聞こえてくる。衣を柔らかくし、光沢を出すための作業。

おほ《(お)》けなく うき世《よ》の民《たみ》に おほ《(お)》ふ《(う)》かな
わが立《た》つ杣《そま》に 墨染《すみぞ》めの袖《そで》

前大僧正慈円《さきのだいそうじょうじえん》
『千載集』所収

歌意
身分不相応ながら、仏に仕える身として、この辛い世を過ごす人々に覆いかけることです。比叡山《ひえいざん》に住み始めたばかりの私のこの墨染めの袖を。

仏法で世を救いたいという強い決意

時代は平安末期、戦乱や天災、飢饉《ききん》、伝染病などで世の中が乱れ、人々は苦しんでいました。そんな民衆を仏法によって救済したいという大きな決意が詠まれた歌です。初句「おほけなく」で、「身のほどもわきまえず、恐れ多いことですが」と前置きしているところに、まだ30代の青年僧であった慈円の謙虚な姿勢が見てとれます。

この歌は、天台宗の開祖・最澄《さいちょう》が、比叡山延暦寺《えんりゃくじ》建立時に詠んだ「阿耨多羅三藐三菩提《あのくたらさんみゃくさんぼだい》の仏たちわが立つ杣に冥加《みゃうが》あらせ給へ」を本歌取りしています。ただ引用しただけでなく、仏に仕える身としての使命感を、開祖にうやうやしく宣言しているようにも感じられます。

作者 1155〜1225年。関白藤原忠通《かんぱくふじわらのただみち》(76)の子で、九条良経《くじょうよしつね》(91)の伯父。11歳で出家し、比叡山に入る。生涯で四度も天台座主《てんだいざす》（延暦寺の貫主）を務めた。著書に歴史書『愚管抄《ぐかんしょう》』がある。

語句 『おほけなく』「おほけなし」は、身分不相応だ。『うき世の民』辛いこの俗世の人々。『おほふかな』「おほふ」は「袖」の縁語。『わが立つ杣に』「杣」は、材木を切り出す山のことで、ここでは比叡山を指す。『墨染めの袖』僧衣の袖。「墨染め」と「住み初《ぞ》め」の掛詞《かけことば》。

雑 96

花《はな》さそふ（う）　嵐《あらし》の庭《には》（わ）の　雪《ゆき》ならで　ふりゆくものは　わが身《み》なりけり

入道前太政大臣《にゅうどうさきのだいじょうだいじん》
『新勅撰集』所収

歌意

桜の花を誘って散らす嵐の吹く庭に、雪のような花びらが降りゆくが、実は本当に古《ふ》りゆくものは、わが身だったよ。

落花にわが身の老いを重ねる

散りゆく桜の花に、年老いていく自分自身を重ねて詠んだ歌です。小野小町《おののこまち》⑨の「花の色は移りにけりないたづらにわが身世にふるながめせしまに」を本歌とし、いずれも落花に託した自らの老いを嘆いています。上の句では、桜を雪に見立て、庭一面に舞う花吹雪の華麗なさまを「嵐の庭」という圧縮された表現で描いています。しかし、下の句の「ふりゆく」で一転、「降りゆく」を「古《ふ》りゆく」に掛けて、衰えていくわが身のわびしさを詠んでいるのです。

作者の藤原公経《ふじわらのきんつね》は、権勢をほしいままにし、まさに満開の栄華を極めた人物だからこそ、あらがうことのできない老いへの嘆きは、誰よりも大きかったことでしょう。

作者　1171～1244年。藤原（西園寺《さいおんじ》）公経。藤原定家《ていか》㊼の義弟。承久《じょうきゅう》の乱では鎌倉幕府側について勝利し、その後に政治の実権を握った。

語句　『花さそふ』「花」は桜。（嵐が）桜を誘って散らす。『嵐の庭』嵐の吹く庭。『雪ならで』雪ではなくて。落花を雪に見立てた表現。『ふりゆくものは』桜の花びらが「降りゆく」と、わが身が「古りゆく（老いていく）」の掛詞《かけことば》。『わが身なりけり』「なり」は断定、「けり」は詠嘆を表す。

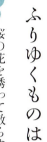

来《こ》ぬ人《ひと》を　松帆《まつほ》の浦《うら》の　夕《ゆふ(う)》なぎに　焼《や》くや藻塩《もしほ(お)》の　身《み》もこがれつつ

権中納言定家《ごんちゅうなごんていか》
『新勅撰集』所収

歌意　いくら待っても来ない人を待ち続け、松帆の浦の夕なぎの頃に焼く藻塩が焼け焦げるように、私の身は恋い焦がれています。

待つ女の身が焦がれるほどの熱情

『百人一首』の撰者である藤原定家《ふじわらのていか》が、自ら選んだ自信作です。『万葉集』の長歌「名寸隅《なきすみ》の　舟瀬ゆ見ゆる　淡路《あはぢ》島《しま》　松帆の浦に　朝なぎに　玉藻《たまも》刈りつつ　夕なぎに　藻塩焼きつつ……」を本歌取りしています。訪ねて来ない男性をじっと待つしかない女性の立場で詠んだ歌です。

「松帆の浦の夕なぎに焼くや藻塩の」が「こがれ」を導く序詞《じょことば》になっているほか、掛詞《かけことば》や縁語を配し、技巧を凝らした構成になっています。夕暮れ時の静かな浜辺で焼かれている藻塩のように、相手に恋い焦がれる熱情がじりじりと女性の胸を焦がしていくのです。妖艶な余情美を求める歌体「有心体《うしんたい》」を重んじた定家らしい一首です。

作者　1162～1241年。藤原定家。藤原俊成《しゅんぜい》83の子。『新古今集』『新勅《しんちょく》撰《せん》集』の撰者であり、『小倉百人一首』を撰んだ。俊成の「幽玄《ゆうげん》」を深化させた、「有心体」という様式を確立した。

語句　『松帆の浦の』「まつ」は、「(来ない人を)待つ」と「松帆の浦」の掛詞。「松帆の浦」は、淡路島北端の海岸。『夕なぎ』夕方、風が止んで波が穏やかになる状態。『焼くや藻塩の』「藻塩」は、海藻《かいそう》を焼いて水に溶かし、煮つめて精製する塩。「焼く」「藻塩」「こがれ」は縁語。

風《かぜ》そよぐ　ならの小川《を(お)がは(わ)》の　夕《ゆふ(う)》ぐれは　みそぎぞ夏《なつ》の　しるしなりける

従二位家隆《じゅにいいえたか》
『新勅撰集』所収

歌意

風がそよそよと楢《なら》の葉に吹いている、ならの小川の夕暮れは、秋の訪れを感じさせるが、六月祓《みなづきばらえ》の禊《みそぎ》が行われていることが、まだ夏である証拠だなあ。

作者　1158～1237年。藤原家《いえ》隆《たか》。権中納言《ごんちゅうなごん》藤原光隆《みつたか》の子。妻は寂蓮法《じゃくれんほう》師《し》87の娘。藤原俊成《しゅんぜい》83に和歌を学び、藤原定家《ていか》97と並び賞賛された。『新古今集』の撰者の一人。

語句　『風そよぐ』風がそよそよと音を立てて吹く。『ならの小川』京都・上《かみ》賀茂《がも》神社の境内を流れる御手洗《みたらし》川。「なら」は、この地名と「楢」の掛詞《かけことば》。『みそぎ』川や海などの水で身を清め、罪や穢れを払い落とすこと。ここでは「六月祓」を指す。『夏のしるし』夏である証拠。

秋の気配が漂う晩夏の夕暮れの景

『新勅撰集《しんちょくせん》』の詞書《ことばがき》によると、この歌は、藤原道家《ふじわらのみちいえ》（良《よし》経《つね》91の子）の娘が、後堀河《ごほりかわ》天皇の中宮として入内《じゅだい》する際に制作された、12カ月の年中行事を描いた屏風絵《びょうぶえ》のために詠まれた一首。色紙に書かれて、6月の景「六月祓」の屏風絵に貼られました。六月祓とは、陰暦6月30日の「夏越《なごし》の祓《はらえ》」のことで、その年の上半期の罪や穢《けが》れを川に流して祓い清める行事です。

楢の葉を揺らす晩夏の風は涼しく、すでに秋の気配が漂うけれど、六月祓をしているのだから、まだ夏なのだと、季節の変わり目を繊細に表現しています。去りゆく夏を惜しみつつ、秋の到来を歓迎する心が読み取れます。

人《ひと》もをし《（お）》　人《ひと》もうらめし　あぢ《（じ）》きなく
世《よ》を思《おも》ふ《（う）》ゆゑ《（え）》に　もの思《おも》ふ《（う）》身《み》は

後鳥羽院《ごとばいん》
『続後撰集』所収

歌意

人が愛おしくも、恨めしくも思われます。この世をおもしろくないと思っているために、あれこれと思い悩んでしまうこの私は。

不安定な世を治める為政者の嘆き

朝廷の最高権力者として政権を執っていた後鳥羽院が、鎌倉幕府の勢力拡大を懸念し、思い悩んでいた頃に詠んだ歌です。当時、後鳥羽院は33歳で、この9年後に、討幕を図って「承久《じょうきゅう》の乱」を起こし、敗れてしまいます。

上二句では、「をし」「うらめし」という相反する感情を対比させ、「あるときは人を愛おしく、またあるときは恨めしく感じる」と、思うように人心を掌握しきれない、為政者としての苛立ちが吐露されています。また、この世を「あぢきなく」と表現しているところに、その苦悩の深さがうかがえます。この後、隠岐《おき》に流される後鳥羽院の人生を象徴しているかのような一首です。

作者　1180～1239年。第82代天皇。高倉《たかくら》天皇の第四皇子。『新古今集』の撰集を命じた。鎌倉幕府と対立しながら院政《いんせい》を行うも、承久の乱に敗れて隠岐に流され、その地で崩御した。

語句　『人もをし人もうらめし』「をし」は「愛し」で、愛おしいの意。「うらめし」は、不満で恨めしいの意。「人」は、広く世間一般とする説と、同一人物とする説がある。『あぢきなく』おもしろくなく、つまらなく。『もの思ふ身は』「身」は、私自身。倒置法になっている。

雑 100

百敷《ももしき》や　古《ふる》き軒端《のきば》の　しのぶにも　なほ《お》あまりある　昔《むかし》なりけり

順徳院《じゅんとくいん》
『続後撰集』所収

歌意

宮中の古びた軒端に生えている忍草《しのぶぐさ》を見るにつけても、いくら偲《しの》んでも偲びきれない、昔の天皇の治世であることよ。

かつての栄華を偲び、王朝の衰退を嘆く

父・後鳥羽院《ごとばいん》99とともに「承久《じょうきゅう》の乱」を起こす5年前、順徳院が20歳の若さで詠んだ歌です。この頃には、政治の実権は、すでに鎌倉幕府に移っていました。

宮中は荒廃して、建物の軒端には「忍草」が生えるほど。その「忍草」に「偲ぶ」を掛けて、かつて王朝が繁栄した時代を懐かしみながら、勢力が衰退しつつある宮廷の現状を嘆き悲しんでいます。偲んでいる「昔」とは、王朝が全盛期を迎えた、醍醐《だいご》・村上天皇の時代（9世紀末から10世紀半ば）を指します。しかし、それはあまりにも遠い昔なのです。王朝の終焉を予感した、静かな悲しみが一首を貫いています。

作者　1197～1242年。第84代天皇。後鳥羽天皇99の第三皇子。藤原定家《ふじわらのていか》97に和歌を学んだ。承久の乱に敗れて佐渡《さど》に流され、その地で崩御した。

語句　『百敷や』「百敷の」は「大宮（皇居）」にかかる枕詞《まくらことば》だが、ここでは皇居、宮中の意。『古き軒端』古びた皇居の軒の端。『しのぶにも』「しのぶ」は、過去を懐かしむ「偲ぶ」と、シダ植物の「忍草」の掛詞《かけことば》。『なほあまりある』やはり、偲んでも偲びきれない。『昔なりけり』「昔」は、皇室の権威が強かった時代。

おもな参考資料

『原色小倉百人一首』鈴木日出男、山口慎一、依田泰　著（文英堂）
『小倉百人一首を学ぶ人のために』糸井通浩　編（世界思想社）
『小倉百人一首』井上宗雄、伊藤秀文　著（旺文社）
『百人一首』大岡信　著（講談社）
『別冊太陽　百人一首への招待』吉海直人　監修（平凡社）
『こんなに面白かった「百人一首」』吉海直人　監修（PHP 研究所）
『マンガで楽しむ古典　百人一首』吉海直人　監修（ナツメ社）
『百人一首全訳注』有吉保　著（講談社）
『知識ゼロからの百人一首入門』有吉保　監修（幻冬舎）
『田辺聖子の小倉百人一首』田辺聖子　著（角川書店）
『源氏物語五十四帖』清水好子　著（平凡社）
『全訳読解古語辞典　第四版』鈴木一雄、外山映次、伊藤博、小池清治　編（三省堂）
小倉百人一首殿堂「時雨殿」展示

Afterword

Can you tell people what's appealing about Japan?

What would you mention as an example of Japanese culture to a non-Japanese person?

Some of the things that are everyday objects or ideas to someone born and raised in Japan might even seem mysterious to non-Japanese. In that light, we ourselves wanted to take a fresh look at what is appealing about Japan's natural environment and culture, remind ourselves about them, and then pass on what we have learned on to the younger generations and the wider world. That is the sentiment that fills the *Nihon no tashinami-chō* [Handbooks of Japanese taste] series.

We hope that this series will present ways to make the lives of its readers more healthy and enjoyable, enrich their spirits, and also help them to take a fresh look at their own cultures.

あなたは、日本の魅力を紹介できますか？

みなさんは、外国の人たちに日本の文化として何を伝えますか？

日本で生まれ育った私たちには当たり前のことでも、外国の人たちには不思議に見えることがあったりします。そこでまず、私たち自身が日本の自然と文化の魅力を見直し、学び直し、それらを後世と世界の人たちに伝えていきたい。そうした想いをこの「日本のたしなみ帖」というシリーズに込めました。

このシリーズが、私たちの暮らしをより健やかに愉しく、心豊かにするきっかけとなり、さらに、異文化理解の一助になることを願ってやみません。

装幀
宇賀田直人

表紙カバー・帯図案
榛原聚玉文庫所蔵　榛原千代紙「松竹梅」（緑）

イラストレーション
小澤真弓

編集協力
real arena, Takako Matsui

英訳
Carl Freire

本文デザイン
Qumiko Cozuka, IM PLANNING

日本のたしなみ帖
百人一首

2015年11月15日　第1刷発行
2017年11月3日　第2刷発行

編——『現代用語の基礎知識』編集部
執筆——田村理恵
発行者——伊藤滋
発行所——株式会社自由国民社
東京都豊島区高田3-13-10
03-6233-0781（営業部）
03-6233-0788（編集部）
03-6233-0791（ファクシミリ）
印刷——株式会社光邦
製本——新風製本株式会社

©Tamura Rie, Jiyu Kokumin-Sha Publishing Co.,Ltd.
価格は表紙に表示。落丁本・乱丁本はお取り替えいたします。
本書の内容を無断で複写複製転載することは、
法律で認められた場合を除き、著作権侵害となります。